33
Tür!
bitte
schließen
86
48
Füße
abtreten!

Jochen Till

Luzifer junior
Schule ist die Hölle

Alle Bände von Luzifer junior:

Band 1: Zu gut für die Hölle
Band 2: Ein teuflisch gutes Team
Band 3: Einmal Hölle und zurück
Band 4: Der Teufel ist los
Band 5: Ein höllischer Tausch
Band 6: Schule ist die Hölle
Band 7: Fiese schöne Welt
Band 8: Ein Geschenk der Hölle

Jochen Till

LUZIFER junior

Schule ist die Hölle

Mit Illustrationen von Raimund Frey

Band 6

Loewe

FSC
www.fsc.org
MIX
Papier aus verantwortungsvollen Quellen
FSC® C014496

ISBN 978-3-7432-0404-1
2. Auflage 2020

Dieses Werk wurde vermittelt durch die Agentur Brauer
Umschlag- und Innenillustrationen: Raimund Frey
Umschlaggestaltung: Michael Dietrich
Printed in the EU

www.luzifer-junior.de
www.loewe-verlag.de

Inhalt

»STEVEN! IN MEIN BÜRO!«

»SCHON DA, CHEF! WAS KANN ICH FÜR SIE … ÄH, WAS IST *DAS* DENN?«

»WAS MEINST DU?«

Ein kleiner Fehltritt

»Na, dieses … dieses Tier auf Ihrem Schreibtisch?«

»Ach so, das. Das ist der Grund, weshalb es hier immer kälter geworden ist. Was du mir ja nicht geglaubt hast.«

»Natürlich habe ich Ihnen geglaubt, Chef! Ich glaube Ihnen *alles*, Chef! Immer! Ich bin nur nicht ganz so empfindlich gegen Kälte wie Sie.«

»Empfindlich? Du nennst den Fürsten der Hölle empfindlich?«

»Äh … nein! Natürlich nicht! Sie sind kein bisschen empfindlich! Sie sind ein ganz harter Hund! Der härteste! Niemand ist so unempfindlich wie Sie! Aber wieso ist denn ein winziges Pony dafür verantwortlich, dass es kalt geworden ist?«

»Das ist kein Pony, das ist ein Einhorn. Und Einhörner haben hier unten nichts verloren. Sobald ein Einhorn die Hölle betritt, friert alles zu.«

»Ein Einhorn? Aber es hat doch gar kein Horn.«

»Das hab ich abgesägt.«

»Oh, das ist aber nicht nett, Chef. Das arme Einhorn.«

»Nicht nett? Du weißt aber schon noch, wo wir hier sind? Der Herrscher der Hölle ist nicht unbedingt für seine Nettigkeit bekannt. Was ich sehr gern mit einem Tritt in deinen Hintern verdeutlichen kann.«

»Äh, nicht nötig, Chef! Verzeihung, Chef! Nicht so gemeint, Chef! Selbstverständlich dürfen Sie jederzeit so viele Einhörner verstümmeln, wie Sie möchten!«

»So ist es. Außerdem hätte ich noch viel weniger nett sein können. Mein erster Impuls war, es auf den Grill zu legen. Einhörner sollen sehr lecker sein. Aber das habe ich dann doch nicht über mein nicht vorhandenes Herz gebracht. Der Kleine ist ja schon irgendwie niedlich. Wahrscheinlich hat er sich nur verlaufen, da genügt ja ein kleiner Fehltritt, und schon findet man sich in der Hölle wieder. Jetzt hat er zwar kein Horn mehr, lebt aber immerhin noch. Ich weiß nur noch nicht, was ich mit ihm anfangen soll. Du hast nicht zufällig Verwendung für ein Haustier?«

»Wer? Ich? Nein, Chef, dafür fehlt mir die Zeit. So ein Keinhorn braucht sicher ganz viel Zuwendung. Hier steht als Nächstes die Modernisierung des internen Kommunikationsnetzwerks an, das wird mich rund um die Uhr beschäftigen.«

»Verstehe. Na ja, dann bleibt es erstmal hier, irgendwas fällt mir schon noch ein. Apropos Kommunikation, deswegen habe ich dich eigentlich gerufen: Ich versuche schon den ganzen Tag, meinen Vater oben zu erreichen. Mir fehlt noch die Genehmigung für die neue Abteilung.«

»Die Selbstverliebten Selfiestangenbenutzer? Ich dachte, die wären längst genehmigt.«

»Das dachte ich auch, ist aber nicht so. Gabriel nervt die ganze Zeit, weil er das Budget dafür ohne offizielle Genehmigung nicht freigeben kann. Normalerweise ist das ja auch kein Problem, mein Vater geht meistens sofort ans Telefon. Aber ich habe es heute schon tausendmal klingeln lassen, keine Reaktion. Kannst du dir das Telefon mal angucken? Vielleicht ist es ja kaputt.«

»Das ist sehr unwahrscheinlich. Ich habe es gestern erst überprüft. Es sieht zwar alt aus, aber es steckt die modernste Technik drin.«

»Hm, seltsam. Was ist denn los da oben? Wenn mein Vater schläft, geht normalerweise einer meiner Brüder dran.«

»Vielleicht haben sie eine wichtige Besprechung? Oder sie machen gerade einen Betriebsausflug? Als ich noch oben war, haben wir einmal alle zusammen die Elysien besichtigt. Das war aber stinklangweilig.«

»Ja, kann sein. Ich probiere es einfach später noch mal.«

»Machen Sie das. Es gibt sicher eine Erklärung dafür. Der CEO verschwindet ja nicht einfach so, er hat seinen Posten noch nie verlassen. Sagen Sie, rein aus Neugier: Hat der Kleine eigentlich schon einen Namen?«

»Das Einhorn? Nein. Wieso? Vielleicht lege ich ihn ja doch noch auf den Grill. Und ich esse nicht gern etwas, das einen Namen hat.«

»Sie werden ihn nicht essen, Chef. Ich sehe doch ganz deutlich, dass Sie den Kleinen sehr gern haben.«

»WAS? ICH GLAUB, ES GEHT LOS! WAS FÄLLT DIR EIN?! ICH BIN DER TEUFEL! ICH HAB ÜBERHAUPT NICHTS GERN! UND AM ALLERWENIGSTEN HAB ICH NICHTSNUTZIGE ASSISTENTEN GERN, DIE MIR POSITIVE EIGENSCHAFTEN UNTERSTELLEN! DAVON HAB ICH SCHON ETLICHE AUF DEN GRILL GELEGT! MIT NAMEN UND OHNE!«

»Ach, kommen Sie, Chef. Ich kenne Sie jetzt lang genug. Sie haben auch eine weiche Seite. Ich sehe es doch ganz deutlich, Sie mögen den Kleinen.«

»EINE WEICHE SEITE? DIE KANN DIR MAL GANZ DEUTLICH DEN KOPF ABREISSEN, MEINE WEICHE SEITE! DANN SIEHST DU ÜBERHAUPT NICHTS MEHR!«

»Also, ich würde ihn ja Äpfelchen nennen. Das passt zu ihm, finde ich.«

»ÄPFELCHEN? GEHT'S NOCH? WAS HAST DU DENN IMMER MIT DEINEN ÄPFELN? IMMER WILLST DU ALLES APFEL NENNEN! DAS IST DOCH NICHT NORMAL!«

»Ich mag Äpfel eben.«

»HIER UNTEN GIBT'S ABER KEINE ÄPFEL! UND DICH GIBT ES AUCH NICHT MEHR LANG, WENN DU SO WEITERMACHST! ALSO VERSCHWINDE LIEBER GANZ SCHNELL, BEVOR ICH EINEN BRATAPFEL AUS DIR MACHE!«

»Alles klar, Chef. Kein Problem, Chef. Bin schon weg, Chef.«

»Äpfelchen! Das ist doch kein Name. Oder willst du etwa Äpfelchen heißen, du süßer kleiner Fratz?«

»MÄÄÄH!«

»Siehst du, wusste ich's doch. Niemand will Äpfelchen heißen.

Da fällt uns ganz bestimmt etwas viel Besseres ein. Aber jetzt versuche ich es erst noch mal bei meinem Vater. Irgendwann muss er ja mal drangehen. … Es tutet. … Es tutet immer noch. … Hm, nichts. Verdammt, wo steckt der bloß?«

Ein Vogelhäuschen

»Ich bleibe hier!«

Wie bitte? Das hat er jetzt nicht wirklich gesagt, oder? Oder zumindest nicht so gemeint. Hoffentlich.

»Wie meinst du das?«, frage ich.

»Na, so, wie ich es sage. Ich bleibe hier. Bei dir.«

Wie, bei mir? Das geht doch nicht. Ich meine, der Mann ist mein Opa. Mein Opa, den ich gerade eben zum ersten Mal sehe und von dem ich bis vor Kurzem gar nicht wusste, dass er überhaupt existiert. Also, als mein Opa. Dass er existiert, wusste ich vorher schon. Aber da kannte ich ihn nur als CEO, als Chronisch Einzigartigen Oberchef meines Vaters. Dass ich mit ihm verwandt bin, hätte ich niemals auch nur im Entferntesten vermutet. Damit habe ich mich mittlerweile auch abgefunden, kein Problem, ich habe einen Opa, sowas passiert. Aber dann hüpft er plötzlich aus meinem Schrank, steht vor mir und sagt, dass er hierbleiben will. Ich meine, ich kenne ihn überhaupt nicht. Das waren eben die ersten Sätze, die wir jemals miteinander gesprochen haben.

Was will er denn hier? Er hat sich bis jetzt offenbar nie für mich interessiert. Und ich mich nicht für ihn. Das kann von mir aus auch gern so bleiben.

»Ja, aber … Ich meine … Warum … Wieso denn?«, frage ich.

»Wieso denn *nicht*?«, erwidert er. »Brauche ich unbedingt einen Grund, um meinen Enkel zu besuchen?«

»Na ja«, sage ich. »Irgendwie schon. Du hast mich schließlich noch nie besucht.«

»Ein Grund mehr. Dann wird's ja höchste Zeit. Freust du dich denn gar nicht, dass wir uns endlich einmal persönlich kennenlernen?«

Ehrlich gesagt: Nein. Freude ist nicht gerade das aktuell vorherrschende Gefühl in mir. Dafür ist er mir einfach zu unsympathisch – und das nicht erst seit dem Körpertausch, den er Lilly und mir aufgezwungen hat. Ich mochte ihn vorher schon nicht, als er für mich nur der CEO war. Weil alles, was ich unten in der Hölle über den CEO gehört habe, total bescheuert war. Er ist ja der oberste Chef. Von allem. Da unten, hier oben, ganz oben, niemand ist mächtiger als er. Und das nutzt er schamlos aus. Er entscheidet zum Beispiel, wer zu uns runter in die Hölle muss. Da sind ganz viele Leute dabei, die das überhaupt nicht verdient haben, wie zum Beispiel die Heavy-Metal-Fans. Die werden nur bestraft, weil sie Musik gehört haben, die meinem werten Opa nicht gefällt. Oder die erwachsenen Treppengeländer-Runterrutscher aus Abteilung 86. Die wollten doch nur ein bisschen Spaß und haben niemandem geschadet. Dafür müssen sie jetzt bei uns jeden Tag tausend Stockwerke Treppengeländer aus Stacheldraht hinunterrutschen. Und niemand weiß, warum. Das hat der CEO so entschieden. Ohne jede Begründung. Und ein furchtbarer Angeber ist er auch noch. Er behauptet ständig, er hätte alles hier oben erschaffen, was es gibt. Ganz allein. In einer Woche oder so. Hallo? Wie soll das denn gehen? Ich musste neulich im Werkunterricht ein Vogelhäuschen bauen, dafür habe ich schon zwei Tage gebraucht. Eine Woche für eine ganze Welt? Unmöglich. Aber es gibt tatsächlich jede Menge Leute, die das glauben. Kapier ich nicht.

Und jetzt steht dieser Angeber vor mir und fragt, ob ich mich freue, ihn endlich persönlich kennenzulernen? Ganz sicher nicht. Aber er ist ja trotz allem mein Opa, das kann ich ihm schlecht ins Gesicht sagen. Lügen will ich aber auch nicht.

»Geht so«, brumme ich deshalb als Antwort. »Wie stellst du dir das eigentlich vor mit dem Hierbleiben? Ich meine, was willst du denn hier machen?«

»Darüber habe ich noch gar nicht nachgedacht. Das war ein sehr spontaner Entschluss. Aber irgendwas wird mir schon einfallen. Was machst *du* denn so den ganzen Tag?«

»Na, das ist eine Schule. Also gehe ich zur Schule.«

»Ich bin noch nie zur Schule gegangen. Das klingt lustig, das könnte ich doch auch machen.«

Wie bitte, was? Das kommt ja überhaupt nicht in die Tüte. Ich will nicht mit meinem Opa zur Schule gehen!

»Nein, kannst du nicht«, erwidere ich. »Du bist viel zu alt für die Schule. Hier gibt es nur Kinder. Und Lehrer. Die sind zwar älter, aber davon haben wir schon genug.«

»Ach, mach dir deswegen keine Sorgen«, sagt er. »Das Alter ist kein Problem.«

»Wie meinst du …?«

Bevor ich ausgesprochen habe, schnippt er mit dem Finger und plötzlich sitzt anstatt ihm ein Junge auf meinem

Bett. Oh, nein. Er hat das mit dem Fingerschnippen drauf. Mein Vater kann das auch. Wieso passiert bei mir eigentlich nichts, wenn ich mit dem Finger schnippe? Ich will das auch können!

»Besser so?«, fragt mein jung gewordener Opa grinsend. »Jetzt sehe ich aus wie ein typischer Schüler, oder?«

»Äh, ja … schon. Aber das geht trotzdem nicht. Du kannst nicht mit mir zur Schule gehen.«

»Wieso nicht?«

Ich suche krampfhaft nach einem plausiblen Grund, der verhindert, dass mein Opa mein Mitschüler wird.

»Na, weil … weil du hier nicht angemeldet bist! Genau! Hier muss man angemeldet sein! Da kann nicht einfach jeder kommen und sich in den Unterricht setzen! Das erlaubt der Hasenfuß ganz sicher nicht!«

»Der Hasenfuß?«

»Das ist unser Direktor! Er ist der Chef hier! Und er ist sehr streng! Hier gibt es ganz viele Vorschriften! Und wenn jemand nicht angemeldet ist, darf er hier nicht zur Schule gehen!«

»Ach so, die Formalitäten«, sagt mein Opa lächelnd. »Die sind schnell erledigt.«

Er schnippt wieder mit dem Finger. Plötzlich steht der Hasenfuß neben mir. Er hat nur eine Unterhose an und sein Gesicht ist voller Schaum.

»Äh … Was … Wie …«, stammelt er und schaut sich verwundert um.

Sein Blick fällt auf mich.

»Von Turbsnatas?«, sagt er verwundert. »Wo kommen Sie denn plötzlich her? Und was haben Sie mit meinem Badezimmer gemacht?«

»Ähm … Ich … Das …«, stammle ich ratlos, weil ich selbst viel zu überrascht bin, um das zu begreifen.

»Herr Hasenfuß!«, sagt mein Opa und schüttelt unserem Direktor die Hand. »Es ist mir eine große Freude, Sie kennenzulernen!«

»Äh … Danke, gleichfalls«, sagt der Hasenfuß. »Aber wer sind Sie? Und wo bin ich hier überhaupt? Das sieht aus wie eins der Quartiere für unsere Insassen … äh, Schüler. Ist das Ihr Zimmer, von Turbsnatas? Wie bin ich denn hierhergekommen?«

»Machen Sie sich darüber keine Gedanken«, sagt mein Opa. »Das werden Sie sowieso in ein paar Minuten vergessen haben.«

»Ach so, dann ist's ja gut. Ich würde mich nur ungern

daran erinnern, in diesem Aufzug in einem Schülerzimmer gewesen zu sein. Aber jetzt weiß ich immer noch nicht, wer Sie sind?«

»Heiland«, sagt mein Opa. »Amadeus Heiland. Meine Freunde nennen mich Deusl. Ich bin Schüler an Ihrer Schule.«

»Sind Sie nicht, das wüsste ich«, erwidert der Hasenfuß. »Ich kenne alle Schüler, die hier angemeldet sind. Sie kenne ich nicht, was bedeutet, dass Sie nicht angemeldet sind. Und wer nicht angemeldet ist, ist auch kein St.-Fidibus-Schüler.«

»Doch, bin ich«, sagt mein Opa und rückt ein Stück näher an Hasenfuß heran. »Denken Sie bitte nochmal genau darüber nach. Ich bin schon ganz lange hier an der Schule und jeder kennt mich.«

Opa schnippt wieder mit dem Finger. Die Augen von Hasenfuß drehen sich einmal im Kreis. Für einen Moment wirkt er wie eingefroren, dann blinzelt er und schüttelt kurz seinen Kopf.

»Ach ja, natürlich« sagt er. »Der junge Herr Heiland. Natürlich sind Sie ordnungsgemäß angemeldet. Ich habe es nur vergessen, Verzeihung.«

»Das macht doch nichts«, sagt mein Opa. »Sie werden es nicht wieder vergessen. Alles andere, was hier eben gerade passiert ist, schon. Viel Spaß noch beim Rasieren.«

Er schnippt wieder mit dem Finger, im nächsten Augenblick ist Hasenfuß verschwunden.

»So, damit wäre das auch erledigt«, sagt mein Opa grinsend. »Jetzt bin ich hochoffiziell einer deiner Mitschüler.«

Ja, leider. Ich will nicht mit meinem komischen Opa zur Schule gehen. Ich will überhaupt nichts mit ihm zu tun haben. Er soll verschwinden. Ich schnippe mit dem Finger. Mist, er ist noch da.

»Ha, ha!«, lacht er. »So einfach wirst du mich nicht los!«

»Aber … Aber du kannst nicht hierbleiben!«, erwidere ich.

»Nein? Falls du es noch nicht weißt: Ich kann *alles*.«

Das stimmt leider offenbar.

»Aber … Aber wo willst du denn schlafen? Mein Bett ist viel zu klein für zwei!«

Er schnippt mit dem Finger, mein Bett ist plötzlich doppelt so groß.

»Ja, aber jetzt ist hier doch gar kein Platz mehr!«, versuche ich es verzweifelt weiter. »Das Zimmer ist viel zu klein!«

Wieder ein Fingerschnippen, und mein Zimmer ist plötzlich doppelt so groß.

Verdammt! Gegen diese verflixten Finger habe ich keine Chance.

»Moment, da fehlt noch was«, sagt er und schnippt wieder.

Neben meinem Kleiderschrank erscheint eine Tür.

»Was ist da drin?«, frage ich.

»Sieh nach. Es wird dir gefallen.«

Ich öffne die Tür zaghaft. Wow! Dahinter ist ein riesiges Badezimmer! Mit einer Dusche und einer Toilette für einen ganz allein! Und eine Badewanne so groß wie mein neues Bett steht auch da! Ich habe noch nie gebadet, in St. Fidibus gibt es keine Badewannen, aber ich kenne sie von unten, aus Abteilung 21. Da sitzen bei uns die Willkürlichen Wasserverschwender bei 100 Grad Hitze in einer leeren Badewanne, und wenn sie den Wasserhahn aufdrehen, kommt Lava raus. Eine Badewanne wollte ich immer mal ausprobieren, das macht bestimmt Spaß. So ein eigenes Badezimmer ist schon ziemlich cool, das muss ich zugeben. Werde ich aber nicht, zumindest nicht laut. Er soll nicht denken, dass ich irgendetwas gut finde, was er macht. Er soll verschwinden.

»Aber musst du nicht wieder hoch?«, sage ich verzweifelt. »Die brauchen dich doch da oben. Da bricht doch bestimmt alles zusammen, wenn du nicht da bist.«

»Ach, die kommen auch mal ohne mich aus. Deine Onkel haben das schon im Griff. Ich war noch nie weg, ich habe mir ein bisschen Urlaub verdient, finde ich.«

»Ja, aber wieso denn ausgerechnet hier?«, erwidere ich. »Da gibt's doch viel schönere Orte, um Urlaub zu machen. Paris, zum Beispiel. Da waren wir neulich, da ist es wunderschön. Und es gibt auch ganz viele alte Häuser zum Angucken.«

»Ich kenne jedes Haus in Paris. Ich kenne sogar jeden Menschen, der dort lebt. Wen ich aber nicht gut kenne, bist du. Deswegen bin ich hier, damit wir zwei uns besser kennenlernen. Aber langsam kriege ich das Gefühl, dass du das gar nicht willst.«

»Will ich auch nicht«, sage ich. »Ich brauche dich nicht. Ich bin ja bis jetzt auch sehr gut ohne dich zurechtgekommen. Das kann von mir aus gern so bleiben.«

»Ach, das sagst du doch jetzt nur so. Jeder will mich kennenlernen. Ich bin großartig. Und allmächtig. Das finden alle toll. Außerdem bin ich dein Opa. Wart's nur ab, in ein paar Tagen wirst du mich lieben, so wie alle.«

Unglaublich, oder? Er glaubt doch tatsächlich, dass ihn jeder liebt. Ich könnte sofort eine ganze Menge Leute aufzählen, die nicht unbedingt Fans von ihm sind. Die komplette Belegschaft der Hölle, zum Beispiel. Oder ich.

»Und was, wenn ich das gar nicht will?«, frage ich.

»Glaub mir, du willst das. Alle wollen das. Und es wird passieren. Du wirst mich lieben. Weil *ich* es will.«

»Ach so. Was *ich* will, zählt also gar nicht?«

»Nö. Und je weniger du dich dagegen wehrst, desto schneller wirst du es auch genießen. Glaub mir einfach. Ich bin sehr liebenswert. Und wenn du das erstmal erkannt hast, wirst du dir wünschen, dass ich für immer hierbleibe.«

Nie im Leben. Was bildet der sich denn ein? Der spinnt doch.

»Das heißt also, egal, was ich will oder sage, du bleibst auf jeden Fall hier?«, frage ich grimmig.

»So ist es«, antwortet er grinsend.

»Na gut«, sage ich knurrend. »Wie du willst. Aber dass das klar ist: Du kannst mich vielleicht dazu zwingen, mit dir zur Schule zu gehen, aber du kannst mich nicht dazu zwingen, dich zu mögen! Das entscheide immer noch ich, wen ich mag oder nicht! Und dich mag ich *nicht*!«

»Abwarten«, sagt er grinsend. »Wenn du erstmal ein bisschen Zeit mit mir verbringst, wird sich das ganz schnell ändern.«

»Dazu kannst du mich auch nicht zwingen! Ich verbringe meine Zeit nämlich, mit wem *ich* will!«

Ich muss hier raus, und zwar sofort, sonst raste ich aus. Dieser Mann ist unerträglich. Wenn ich noch länger dieses selbstgefällige Grinsen ertragen muss, platze ich.

Ich stapfe auf die Tür zu.

»Wo gehst du hin?«, fragt mein Opa.

»Zu Leuten, die ich mag!«, erwidere ich.

»Soll ich mitkommen? Die werden mich ganz sicher auch mögen.«

»Nein, du sollst nicht mitkommen! Du sollst überhaupt nicht hier sein!«

»Na gut, dann mache ich erstmal ein Nickerchen. Sei bitte leise, wenn du zurückkommst.«

»Sei du bitte weg, wenn ich zurückkomme!«

Ich öffne die Tür und knalle sie beim Rausgehen so laut zu, wie ich nur kann.

Eigenlob stinkt

»Dein Opa ist hier?«, fragt Gustav erstaunt. »Der von ganz oben? Der CEO?«

»Genau der«, seufze ich.

»Und was genau will er hier? Er hier?«, möchte Aaron wissen.

»Was weiß ich«, antworte ich. »Mich in den Wahnsinn treiben, wahrscheinlich. Stellt euch mal vor: Er wird hier auf die Schule gehen! In unsere Klasse!«

Wir sitzen in Aarons Zimmer auf seinem Bett. Weit bin ich nicht gekommen auf meiner Flucht vor Opa. Aaron hat gehört, wie ich die Tür zugeknallt habe und ist sofort aus seinem Zimmer gestürzt, um zu sehen, was los ist. Damit ich nicht alles zweimal erzählen muss, haben wir Gustav schnell geschrieben, keine Minute später war er da.

»Ein Opa in der Schule?«, wundert sich Aaron. »Wie soll denn das gehen? Er ist doch viel zu alt. Zu alt.«

»Jetzt nicht mehr«, erkläre ich. »Er hat sich verwandelt und sieht so jung aus wie wir.«

»Er kann sich verwandeln? Cool!«, stellt Gustav fest.

»Überhaupt nicht cool«, brumme ich. »Er kann *alles*, sagt er. Dafür muss er nur mit den Fingern schnippen. Und ich kann nichts dagegen tun. Das ist eine absolute Katastrophe.«

»Jetzt warte es doch erstmal ab«, sagt Aaron. »Vielleicht ist er ja ganz nett. Opas sind meistens nett. Ich habe zwei davon und mag sie sehr gern. Sehr gern.«

»Schön für dich«, brumme ich. »Du musst aber auch nicht mit ihnen zur Schule gehen.«

»Ich habe nur noch einen Opa«, sagt Gustav. »Der andere ist leider vor zwei Jahren gestorben. Ich vermisse ihn immer noch sehr.«

»Kannst gern meinen haben«, grummele ich. »Ich brauch ihn nicht.«

»Wo ist er denn jetzt? Denn jetzt?«, fragt Aaron.

»Drüben in meinem Zimmer«, seufze ich. »Das nicht mehr aussieht wie mein Zimmer. Er hat es einfach größer gemacht. Ohne mich zu fragen.«

»Ein größeres Zimmer? Das klingt super!«, sagt Gustav. »Kann er bei mir auch mal vorbeikommen?«

»Das ist nicht witzig«, knurre ich.

»Nein, aber sehr praktisch«, sagt Aaron. »Ich hätte auch nichts gegen mehr Platz hier. Platz hier.«

Okay, von dem Badezimmer erzähle ich am besten gar nichts, sonst finden sie ihn noch cooler.

»Ihr seid nicht gerade sehr hilfreich«, brumme ich.

»Wie können wir dir denn helfen? Helfen?«, fragt Aaron.

»Na, ihr könntet euch mit mir ärgern und euch auch darüber aufregen, dass mein blöder Opa einfach ungefragt hier auftaucht und alles durcheinanderbringt«, antworte ich.

»Aber er hat doch noch gar nichts Schlimmes gemacht, oder?«, sagt Gustav.

»*Noch* nicht«, erwidere ich. »Aber glaubt mir, das wird passieren. Er war noch nie in einer Schule und kennt sich überhaupt nicht aus. Das kann nur schiefgehen.«

»*Du* warst auch noch nie in einer Schule und kanntest dich überhaupt nicht aus, als du hierhergekommen bist«, sagt Gustav.

»Das stimmt«, sage ich. »Aber ich bin auch kein eingebildeter, allmächtiger Opa, der denkt, er wäre der Größte.«

»Wie gesagt, jetzt wart's doch erstmal ab«, sagt Aaron. »Vielleicht wird's ja gar nicht so schlimm. So schlimm.«

»Bleibt mir wohl nichts anderes übrig«, seufze ich.

»Weiß Lilly eigentlich schon, dass er hier ist?«, fragt Gustav. »Ich meine, es ist ja schließlich auch ihr Opa.«

Oh, stimmt, Lilly, die habe ich ja ganz vergessen. Also, nicht Lilly selbst, aber dass der CEO ja auch ihr Opa ist. Wir haben erst vor Kurzem erfahren, dass wir Geschwister sind, manchmal vergesse ich das einfach, weil es sich noch so ungewohnt anfühlt. Aber Gustav hat natürlich recht, Lilly muss unbedingt erfahren, dass er hier ist. Vielleicht hat sie ja eine Idee, wie wir ihn wieder loswerden.

»Nein, sie weiß es noch nicht«, sage ich. »Am besten, ich erzähle es ihr gleich. Kommt ihr mit?«

Gustav wirft einen Blick auf seine Uhr.

»Das muss dann wohl noch ein bisschen warten«, sagt Gustav. »In fünf Minuten gibt's Abendessen.«

»Oh, schon so spät?«, wundere ich mich. »Na gut, dann eben nach dem Essen.«

Wir verlassen Aarons Zimmer. Als wir draußen auf

dem Flur stehen, dringt ein sehr lautes Schnarchen aus meinem Zimmer.

»Dein Opa?«, fragt Gustav kichernd.

»Wer sonst?«, antworte ich und verdrehe genervt die Augen. »Das kann ja lustig werden heute Nacht.«

»Willst du ihn nicht wecken und Bescheid sagen, dass es gleich Essen gibt? Essen gibt?«, schlägt Aaron vor.

»Nö«, sage ich. »Er behauptet doch ständig, dass er *alles* weiß. Dann müsste er ja auch wissen, wann es Essen gibt. Vielleicht isst er ja auch gar nicht? Keine Ahnung, wie das da oben so läuft. Ist jedenfalls nicht mein Problem.«

Wir gehen in den Speisesaal, holen uns unser Essen an der Theke und setzen uns auf unsere Plätze. Hasenfuß hält wie jeden Abend eine kleine Ansprache, danach fangen wir an zu essen.

»Wie alt ist dein Opa eigentlich?«, fragt mich Gustav, der links neben mir sitzt.

»Keine Ahnung«, antworte ich. »Uralt. Das weiß niemand so genau. Onkel Gabriel hat mal gesagt, er sei über vier Milliarden Jahre alt.«

»Die Erde ist über vier Milliarden Jahre alt. Jahre alt«, sagt Aaron.

»Das würde passen«, sage ich. »Er behauptet nämlich, dass er die Erde erschaffen hat. Ganz allein. Das glaube ich aber nicht.«

»Das ist auch sehr schwer zu glauben«, sagt Aaron. »Und wissenschaftlich betrachtet äußerst unwahrscheinlich. Unwahrscheinlich.«

»Wieso denn?«, fragt Gustav. »Könnte doch sein. Ich meine, ich hätte auch nie geglaubt, dass es sowas wie die Hölle gibt, und mittlerweile war ich selbst unten und bin mit dem Sohn des Teufels befreundet. Das lässt sich wissenschaftlich ganz bestimmt nicht erklären.«

»Doch, mit Sicherheit«, erwidert Aaron. »Ich fürchte nur, die Wissenschaft ist noch nicht so weit. So weit.«

»Ihr immer mit eurer Wissenschaft«, sagt Gus… Moment mal, das war gar nicht Gustavs Stimme. Aber sie kam von links, direkt neben mir. Ich drehe meinen Kopf und zucke erschreckt zusammen. Da sitzt plötzlich nicht mehr Gustav, sondern mein Opa.

»Die Wissenschaft habe ich ja nur erfunden, damit Menschen ohne Fantasie auch etwas haben, woran sie glauben können«, sagt er grinsend.

»Wo kommst du denn auf einmal her?«, frage ich verwundert. »Und was hast du mit Gustav gemacht?«

»Gustav? Ich habe gar nichts mit Gustav gemacht. Da drüben sitzt er doch.«

Er zeigt auf den Platz mir gegenüber. Tatsache, da sitzt Gustav und guckt verwirrt.

»Seltsam. Habe ich eben nicht noch da drüben gesessen?«, fragt er und kratzt sich am Kopf.

»Lass gefälligst meine Freunde in Ruhe«, knurre ich Opa an.

»Was denn?«, erwidert er. »Ich habe doch gar nichts gemacht. Gustav ist nichts passiert. Außerdem hat er es sowieso gleich wieder vergessen.«

Er steigt auf seinen Stuhl.

»Hallo!«, ruft er in den Saal. »Dürfte ich kurz um eure Aufmerksamkeit bitten?«

Alle Köpfe drehen sich zu ihm. Es wird plötzlich mucksmäuschenstill, jeder starrt gebannt auf meinen Opa. Er schnippt mit den Fingern.

»Mein Name ist Amadeus. Ich bin elf Jahre alt und gehe schon seit einiger Zeit hier auf die Schule. Ihr findet mich alle ganz großartig und dürft mich deswegen Deusl nennen. Habt ihr das verstanden?«

»JA, DEUSL!«, rufen alle im Chor, sogar die Lehrer.

»Sehr gut!«, ruft mein Opa grinsend. »Habt ihr mir sonst noch etwas zu sagen?«

»DEUSL IST GROSSARTIG!«, erschallt es.

»Und?«

»WIR ALLE LIEBEN DEUSL!«

»Und?«

»DEUSL IST DER BESTE! HOCH LEBE DEUSL!«

»Ach, das wäre doch nicht nötig gewesen«, sagt Opa. »Ihr macht mich ja ganz verlegen. Kann ich es bitte nochmal hören?«

»DEUSL IST DER BESTE! HOCH LEBE DEUSL!«

»Danke, Danke! Ihr dürft jetzt weiteressen!«

Er schnippt noch einmal mit den Fingern, alle verhalten sich wieder normal und essen, als wenn nichts passiert wäre.

Ohne Worte, oder? Ich meine, ich habe ja schon einige Typen dieser Sorte erlebt, bei uns unten, in Abteilung 93. Da sind die Schmierigen Selbstverliebten alle in einen winzigen Raum gesperrt und es gilt das Motto *Eigenlob stinkt*. Sobald sich einer von ihnen selbst lobt, fängt er an, sehr übel zu riechen. Da drinnen hältst du es keine drei Sekunden aus. Wenn das bei meinem Opa auch so wäre, würde hier gerade die größte Massenkotzerei der Weltgeschichte stattfinden. Aber ich bin ja wohl leider der Einzige hier, der das ekelhaft fand.

»Ist das dein Ernst?«, frage ich und starre ihn fassungslos an.

»Was meinst du?«

»Na, dass du dich hier abfeiern lässt, als wärst du der Größte. Von Leuten, die dich gar nicht kennen. Und das noch nicht mal freiwillig. Ich meine, ohne dein Fingerschnippen hätten sie dich wahrscheinlich nicht mal bemerkt. Kommst du dir da nicht irgendwie schäbig vor?«

»Nö, wieso? Es stimmt doch. Ich bin einfach großartig. Und der Beste bin ich sowieso. Das ist einfach so, du wirst dich schon dran gewöhnen. Jetzt lass uns erstmal essen, die Luft hier unten ist sehr appetitanregend.«

Essen? Nein, danke. Irgendwie ist mir der Appetit vergangen.

»So, was gibt's denn hier Feines?«, fragt mein Opa und wirft einen Blick auf mein Tablett.

Er verzieht angewidert das Gesicht.

»Brot? Ist das alles?«, fragt er. »Wie langweilig.«

»Hier gibt's abends immer Brot«, sage ich. »Deshalb heißt es ja auch Abendbrot. Ich find's ziemlich lecker.«

»Lecker? Einfach nur Brot? Aber es gibt doch so viele andere Sachen, die viel leckerer sind.«

»Musst es ja nicht essen, wenn's dir zu langweilig ist.«

»Stimmt«, sagt mein Opa. »Ich nehme lieber was anderes. Und alle anderen hier bestimmt auch.«

Er schnippt mit den Fingern und plötzlich hat jeder im Saal ein dickes Schnitzel mit Pommes vor sich.

»Wie cool!«, ruft Gustav. »Deusl hat mein Brot in Schnitzel verwandelt! Hoch lebe Deusl!«

»HOCH LEBE DEUSL! HOCH LEBE DEUSL!«, stimmen fast alle im Saal mit ein.

»Siehst du, das ist doch viel besser«, sagt mein Opa und grinst mich an. »Und schon sind alle viel glücklicher mit ihrem Essen.«

»Nicht *alle*«, knurre ich. »Schon mal was von Vegetariern gehört? Ich esse kein Fleisch. Und ein paar andere hier auch nicht.«

»Das weiß ich doch«, erwidert mein Opa. »Deshalb sind eure Schnitzel ja auch aus Gemüse.«

Ich schneide in mein Schnitzel. Tatsache, unter der Panade ist alles grün.

»Du siehst, ich denke immer an *alle*. Und jedes Schnitzel ist so gewürzt, wie es der jeweilige Esser am liebsten mag.«

Ich schiebe mir ein Stück von meinem Gemüse-Schnitzel in den Mund. Verdammt, er hat recht, das schmeckt wirklich fantastisch. Mist. Jetzt fällt mir gerade nichts mehr zum Meckern ein.

»Und zum Nachtisch gibt es Schokoladentorte für alle!«, ruft Opa in den Saal.

Jubel brandet auf, alle klappern begeistert mit ihrem Besteck.

»HOCH LEBE DEUSL! HOCH LEBE DEUSL! HOCH LEBE DEUSL!«

Das ist nicht gut. Das kann nicht gut sein. Irgendwie macht mir das sogar ein bisschen Angst. Hier ist doch niemand mehr er selbst, die wirken alle wie ferngesteuert. Sogar die Lehrer jubeln meinem Opa zu. Und, was mir am meisten Angst einjagt: Selbst Gustav und Aaron, meine besten Freunde, machen mit. Es muss irgendetwas passieren.

Ich zupfe Aaron am Ärmel.

»Wieso jubelst du denn diesem Typ zu?«, frage ich. »Du kennst ihn doch gar nicht.«

»Natürlich kenne ich ihn«, erwidert Aaron. »Das ist

der Deusl aus unserer Klasse. Der ist super. Alle mögen den Deusl. Er ist der Beste. Der Beste.«

»Nein, ist er nicht!«, zische ich. »Und du kannst ihn gar nicht kennen. Du hast ihn gerade zum ersten Mal gesehen. Das ist nämlich mein Opa. Ich habe euch vorhin erst erzählt, dass er plötzlich in meinem Schrank aufgetaucht ist.«

»Was, echt?«, sagt Aaron erstaunt. »Der Deusl ist dein Opa? Mensch, hast du ein Glück! Den Deusl hätte ich auch gern als Opa! Der Deusl ist nämlich der Beste! Der Beste!«

Auweia. Das ist ja noch schlimmer, als ich befürchtet habe. Das ist nicht mehr Aaron. Jedenfalls nicht *mein* Aaron. Das ist irgendjemand anderes, jemand, den ich nicht kenne, ein Fremder. Und wenn ich mir Gustav so anschaue, wie er mit diesem leeren Blick das Schnitzel futtert, scheint es bei ihm genauso zu sein. Vielleicht werden sie ja wieder normal, wenn mein Opa nicht in der Nähe ist? Hoffentlich. Sie so zu sehen ist sehr schwer zu ertragen. Das sind meine besten Freunde. Weil sie so sind, wie sie sind. Ich will nicht, dass sie anders sind. Das ist nicht richtig. Dann sind es nämlich nicht mehr meine besten Freunde, sondern nur irgendwelche Typen wie alle anderen. Mir wird ganz flau im Magen. Ich kann mir das nicht länger angucken, ich muss hier raus. Zu Lilly. Ja, genau, ich muss unbedingt mit Lilly sprechen. Wahrscheinlich ist sie die Einzige außer mir hier, die gegen Opas Einfluss immun ist. Vielleicht hat sie ja eine Idee, wie wir ihn loswerden können.

Ich rutsche unauffällig mit meinem Stuhl ein Stück zurück und schleiche aus dem Saal.

Ekelpaket

»Guten Abend, Herr Rosenberg. Ich müsste mal ganz dringend mit Lilly sprechen.«

Ich stehe vor der Hausmeisterwohnung. Eigentlich müsste ich Herrn Rosenberg ja Onkel nennen, weil er das ist. Aber das weiß ich noch nicht lang und außerdem soll ja niemand mitkriegen, dass Lilly meine Schwester ist, deshalb nenne ich ihn weiter Herr Rosenberg.

»Äh, ja, klar, komm rein, Vitus«, sagt er.

Aus dem gleichen Grund nennt er mich Vitus, weil das mein Tarnname hier oben an der Schule ist.

Er lässt mich herein und schließt die Tür hinter mir.

»Ist alles in Ordnung, Luzie?«, fragt er mit ängstlicher Miene. »Du siehst so besorgt aus? Gibt es irgendwelche Probleme? Ein Dämonenangriff? Irgendwelche anderen Katastrophen? Ihr müsst doch hoffentlich nicht wieder in die Hölle? Bist du überhaupt Luzie, oder habt ihr wieder die Körper getauscht?«

Der arme Mann. Seit er weiß, dass Lilly und ich die Kinder des Teufels sind, hat er ständig Angst um uns.

Oder besser gesagt: um Lilly. Ich bin für ihn eher eine höllische Gefahrenquelle, die seine Nichte ständig in Gefahr bringt.

»Nein, ich bin's wirklich. Und es gibt auch keine Katastrophen. Wir haben nur ungebetenen Besuch.«

»Dein Vater?«

»Nein, schlimmer.«

»Oje, das klingt aber sehr beunruhigend. Wer könnte denn schlimmer sein als der Teufel höchstpersönlich?«

»Sein Chef«, sage ich seufzend.

Lilly kommt aus ihrem Zimmer.

»Hab ich doch richtig gehört«, sagt sie. »Hallo, Luzie. Was machst du denn hier? Müsstest du nicht drüben beim Abendessen sein?«

»War ich auch«, antworte ich. »Aber mir hat jemand gründlich den Appetit verdorben. Wir haben ein Problem, Lilly.«

»Du hast noch nichts gegessen?«, fragt Herr Rosenberg. »Komm mit in die Küche, wir wollten sowieso gleich zu Abend essen. Dann kannst du uns alles in Ruhe erzählen.«

Wir gehen in die Küche. Herr Rosenberg holt ein paar Sachen aus dem Kühlschrank und stellt sie auf den Tisch. Mein Appetit kehrt schlagartig zurück, als ich das Glas mit dem leckeren Schokoladenzeug sehe – das gibt es drüben nur manchmal, also viel zu selten.

Ich schmiere mir ein Brot mit einer extra dicken Schicht drauf und beiße herzhaft hinein.

»Daf ift fo lecker!«, sage ich schmatzend. »Daf müffte ef drüben immer geben!«

Lilly und ihr Onkel sehen mich durchdringend an.

»Waf denn?«, frage ich verwundert. »Wollt ihr nicht effen?«

»Nein, wir wollen wissen, was los ist«, sagt Lilly ungeduldig. »Du hast gesagt, wir haben ein Problem?«

»Oh, Verfeihung«, sage ich und schlucke den letzten Bissen hinunter. »Wenn ich dieses Zeug esse, vergesse ich immer alles um mich herum. Darf ich noch eins?«

»Erst, wenn du uns erzählt hast, wer dir offensichtlich für sehr kurze Zeit den Appetit verdorben hat«, drängelt Lilly.

»Opa«, sage ich. »Unser Opa ist hier.«

»Wie, hier? Wo, hier?«, fragt Lilly. »Der CEO?«

»Genau der«, sage ich. »Er stand plötzlich in meinem Schrank. Und weißt du was? Er war es, der uns diesen verdammten Körpertausch eingebrockt hat.«

»Wie bitte, was? Das war *er*?«, fragt Lilly aufgebracht. »Aber … Aber wieso denn?«

»Er fand, es wäre eine gute Idee, wenn wir mal in der Haut des anderen stecken würden. Das wäre eine gute pädagogische Maßnahme, sagt er.«

»Aha«, knurrt Lilly. »Das kann ich ja gerade leiden, wenn irgendwelche Erwachsenen denken, sie müssten einem einfach so selbst erfundene pädagogische Maßnahmen aufdrängen. Da hätte er uns doch wenigstens vorher fragen können.«

»Das habe ich auch gesagt. Aber das wäre ihm nicht spannend genug gewesen, meint er. Deswegen hat er auch den Countdown veranstaltet. Die Stimme, das war er.«

Ich fange an, mir noch ein Brot zu schmieren. Kann man dieses Schokoladenzeug eigentlich auch einfach so mit dem Löffel essen? Muss ich irgendwann mal probieren.

»Der spinnt ja wohl komplett«, schimpft Lilly. »Den eigenen Enkeln absichtlich eine Riesenangst einzujagen. Wer macht denn sowas?«

»Unser Opa«, sage ich.

»Komischer Typ«, brummt Lilly. »Und was will er jetzt plötzlich hier? Er hat sich doch bisher nie für dich interessiert, oder?«

»Nein, kein bisschen, ich habe ihn vorhin zum ersten Mal überhaupt gesehen. Er will mich besser kennenlernen, sagt er. Und dich dann wahrscheinlich auch, nehme ich an.«

»Aha. Und ob wir das auch wollen, interessiert ihn wahrscheinlich ziemlich wenig?«

»Überhaupt nicht. Das Einzige, was ihn interessiert, ist er selbst und dass ihn alle toll finden. Du hättest mal sehen sollen, was für eine Show er gerade im Speisesaal abgezogen hat.«

»Wie, er war im Speisesaal?«, wundert sich Lilly. »Wieso das denn?«

»Ach so, stimmt, hab ich ja noch gar nicht erzählt«, antworte ich. »Das ist ja die größte Katastrophe. Er besucht uns nicht nur mal eben kurz, er will sogar hierbleiben. Als Schüler.«

»Als Schüler? Wie soll das denn gehen? Er ist doch uralt, oder?«

»Er hat sich jünger gemacht und sieht jetzt aus wie ein Elfjähriger. Und alle finden ihn toll. Aber nicht freiwillig, glaube ich. Er schnippt immer mit den Fingern und dann passiert genau das, was er will. So wie bei Papa, aber irgendwie anders, viel mächtiger. Er hat dafür gesorgt, dass ihn alle anhimmeln und feiern, selbst Aaron und Gustav. Und das macht mir am meisten Sorgen. Die beiden waren gar nicht mehr sie selbst. Wer weiß, was noch alles passiert, wenn er hierbleibt. Ich habe da kein gutes Gefühl.«

Ich beiße in mein Brot. Oh, Mann, in dem Zeug würde ich am liebsten baden. Hey, das könnte ich sogar tatsächlich machen, ich habe ja jetzt eine Badewanne! Wie viele Gläser man wohl davon braucht, um so eine Wanne zu füllen?

»Moment mal, verstehe ich das richtig?«, fragt Herr Rosenberg. »Der CEO, also der alleroberste Chef von ganz oben, der ist hier in St. Fidibus?«

»Fo ift ef«, sage ich nickend.

»Aber … Aber das ist doch etwas ganz Besonderes«, sagt Herr Rosenberg. »Ich meine, dass er höchstpersönlich hier runterkommt, um euch zu sehen. Das macht er bestimmt nicht für jeden. Das ist eine ganz große Ehre.«

»Wieso?«, fragt Lilly. »Nur, weil er der oberste Chef ist? Fühlst du dich auch geehrt, wenn der Hasenfuß dich besucht?«

»Nein«, sagt Herr Rosenberg und verdreht die Augen. »Dann fühle ich mich genervt. Aber das ist doch was anderes. Ich meine, das ist ja nicht irgendein Chef, das ist der CEO. Der war wahrscheinlich noch nie hier unten.

Ich fände es schon spannend, ihn mal kennenzulernen. Außerdem ist er ja euer Opa, er gehört zur Familie.«

»Onkel Afrael gehört auch fur Familie«, erwidere ich. »Und der hätte unf faft umgebracht.«

»Ja, aber der CEO ist doch einer von den Guten«, sagt Herr Rosenberg. »Der tut euch doch nichts. Der tut niemandem etwas.«

»Fragen Fie mal meinen Vater«, sage ich. »Der fieht daf anderf.«

»Der sieht vieles anders«, brummt Herr Rosenberg. »Deshalb ist er ja auch da unten.«

»Also, ich muss zugeben, dass ich schon ein bisschen neugierig bin, meinen Opa mal zu sehen«, sagt Lilly. »Ob ich ihn dann mag oder nicht, wird sich zeigen.«

Lilly wird ihn ganz bestimmt nicht mögen. Hoffentlich. Das wäre die größte Katastrophe, wenn sie auch auf sein Fingerschnippen reinfällt. Dann wäre ich der Einzige hier, der noch klar denken kann. Es gibt nur einen Weg, um das herauszufinden.

»Kein Problem«, sage ich. »Wir können fofort rübergehen. Dann fiehft du auch gleich mal, waf er mit meinem Fimmer gemacht hat.«

»Mit deinem Zimmer? Was hat er denn mit deinem Zimmer gemacht?«, fragt Lilly verwundert.

»Wirft du gleich fehen«, antworte ich. »Kann ich vorher noch fo ein Brot haben?«

Zehn Minuten später stehen wir im Flur vor meinem Zimmer. Ich halte ein Ohr an die Tür, es ist nichts zu hören. Als ich die Tür öffne, kriege ich einen Riesenschreck. Vor meinem Bett steht ein riesiger Tiger mit weit aufgerissenem Maul. Er bewegt sich nicht und wirkt wie ausgestopft. Oh, nein!

»Cornibus!«, rufe ich entsetzt und stürze auf ihn zu.

Den habe ich ja total vergessen in all der Aufregung. Wahrscheinlich hat er vorhin geschlafen, als mein Opa plötzlich aufgetaucht ist. Das geht manchmal sehr schnell, dann verkriecht er sich als Maus unters Bett und schläft einfach ein. Wahrscheinlich ist er aufgewacht, hat Opa gesehen

und ihn für einen Einbrecher oder so gehalten. Cornibus wollte ihn sicher angreifen und Opa hat einmal mit den Fingern geschnippt und ihn erstarren lassen. Hoffentlich hat er ihn nur erstarren lassen. Er wird ihn ja wohl hoffentlich nicht …

»Cornibus!«, rufe ich. »Ist alles okay mit dir? Lebst du noch?«

Blöde Frage, eigentlich. Wie soll er denn antworten, wenn er nicht mehr lebt oder erstarrt ist?

»Cornibus lebt«, erklingt seine Stimme ganz leise. »Aber Cornibus nicht bewegen. Alles steif. Und langweilig.«

Uff! Mir purzeln gerade tausend Steine vom Herzen! Es geht ihm offenbar den Umständen entsprechend gut.

»Ja, das kann ich mir vorstellen«, sage ich erleichtert. »Ich wusste gar nicht, dass du sprechen kannst, ohne den Mund zu bewegen.«

»Cornibus auch nicht gewusst. Vielleicht Cornibus auch Schlotzolade essen ohne Mund bewegen?«

Okay, es geht ihm den Umständen entsprechend sogar *sehr* gut.

»Na, das müssen wir doch gleich mal ausprobieren«, sage ich und hole eine Tafel Schokolade aus meiner Nachttischschublade.

Ich wickle die Schokolade aus dem Papier und lege die ganze Tafel auf seine Zunge.

»Mehr tief«, krächzt Cornibus. »Muss ganz runter.«

Ich schiebe die Tafel nach hinten in seinen Rachen, bis sie komplett verschwunden ist.

»Besser so?«, frage ich.

»Nein. Cornibus Schlotzolade gegessen. Aber Schlotzolade schmeckt wie Luft. Luftschlotzolade blöd.«

»Du Armer«, sagt Lilly mitleidig und streichelt seinen Kopf. »Wie ist das denn passiert?«

»Junge war hier«, antwortet Cornibus. »Geschlafen auf Luzie Bett. Laut geschlafen. Cornibus aufgewacht. Cornibus Junge gebrüllt. Junge aufgewacht. Cornibus steif wie Schwein.«

»Wie Stein«, verbessere ich ihn. »Und das war nicht einfach irgendein Junge. Das war der CEO.«

»Cornibus mag Zihiho nicht«, knurrt Cornibus. »Zihiho böse. Cornibus nicht bewegen. Und nicht mehr Schlotzolade schmecken.«

»Keine Sorge, das kriegen wir schon wieder hin«, sage ich. »Die Frage ist nur: wie?«

»Du hast doch Torben und seine Jungs auch erstarren lassen«, sagt Lilly. »Vielleicht gibt es ja einen Umkehrspruch in deinem Buch?«

»Stimmt, das Buch!«, sage ich. »Gute Idee!«

Ich gehe wieder an meinen Nachttisch und ziehe das Buch aus der Schublade, als sich die Tür öffnet. Es ist Opa. Ich stecke das Buch schnell in meine hintere Hosentasche, damit er es nicht sieht.

»Ah, Luzie, da bist du ja!«, sagt er grinsend. »Wo warst du denn auf einmal? Du hast den Schokoladenkuchen verpasst, der war fantastisch!«

»Ich hatte gerade keine Lust auf Schokolade«, antworte ich brummend.

»Ach ja?«, sagt er. »Dein Gesicht sagt aber etwas anderes.«

Wie bitte? Oh, habe ich etwa noch etwas von dem Schokoladenzeug im Gesicht? Das passiert mir immer, wenn ich so ein Brot esse.

»Lass es mich anders formulieren«, sage ich und wische mir mit dem Ärmel über den Mund. »Ich hatte gerade keine Lust auf Schokolade *von dir*.«

»Das ist sehr schade für dich«, sagt mein Opa. »Meine Schokolade ist nämlich die beste der Welt.«

»Wenn du meinst«, knurre ich und zeige auf Cornibus. »Sag mir lieber, was du mit meinem Hausdämon gemacht hast.«

»Dieses komische Vieh ist ein Hausdämon?«, sagt

mein Opa und verzieht angeekelt seine Nase. »Das erklärt es natürlich, ich hatte mich schon gewundert. Hausdämonen sind die einzigen Kreaturen, die ich nicht erschaffen habe. Das war eher ein Unfall. Für den ich selbstverständlich nichts kann. Was hat dieses abartige Ding hier eigentlich zu suchen? Der gehört nach unten zu deinem Vater. Soll ich das schnell erledigen?«

»Nein, sollst du nicht«, knurre ich. »*Der* ist nämlich mein bester Freund. Und wenn hier jemand abartig ist, dann ganz bestimmt nicht Cornibus. Das Einzige, was du von mir aus sehr gern schnell erledigen kannst, ist, ihn aus seiner Starre zu befreien.«

»Ja, mach ich gleich, wenn's sein muss«, sagt mein Opa. »Aber jetzt lass mich erstmal meine Enkelin begrüßen!«

Er schnippt mit den Fingern, verwandelt sich in seine ursprüngliche Gestalt, geht auf Lilly zu, greift sie links und rechts an den Schultern und hebt sie vor sich ein Stück in die Luft.

»Schön, dich endlich einmal persönlich zu sehen«, sagt er. »Meine Güte, du siehst bezaubernd aus. Aber das ist ja kein Wunder, das liegt in der Familie. Sieht man schließlich an mir.«

»Äh … danke?«, sagt Lilly und schaut skeptisch zu mir.

Opa setzt sie wieder auf dem Boden ab.

»Und, hattest du wenigstens ein bisschen Spaß mit meinem kleinen Körpertausch?«, fragt er Lilly. »Luzie hat dir ja bestimmt schon erzählt, dass das meine großartige Idee war.«

»Nein, hatte ich nicht«, knurrt Lilly ihn an. »Was soll denn daran lustig gewesen sein? Wir hatten eine Riesenangst, dass das so bleibt und wir für immer in den falschen Körpern stecken bleiben.«

»Das hatte ich doch alles im Griff«, sagt Opa abwinkend. »Da bestand zu keiner Zeit wirklich Gefahr.«

»Das wussten *wir* aber nicht«, knurrt Lilly. »Also lass bitte in Zukunft solche dämlichen Aktionen.«

»Meine Aktionen sind *nie* dämlich«, erwidert Opa. »Wenn ich etwas mache, gibt es immer einen Lerneffekt. Du kannst dich jetzt bestimmt viel besser in deinen Bruder hineinversetzen, oder?«

»Mag sein«, sagt Lilly. »Aber das hätte ich auch gekonnt, wenn du uns vorher Bescheid gesagt hättest.«

»Das wäre doch langweilig gewesen«, sagt Opa grinsend.

»Für dich vielleicht«, erwidert Lilly. »Uns hätte es jede Menge Ärger und Panik erspart.«

»Ach, das war doch alles halb so wild«, sagt Opa.

»Seid einfach froh, dass ihr diese Erfahrung hattet, so eine Chance kriegt schließlich nicht jeder. Und es hat ja auch lang genug gedauert, bis ihr endlich kapiert habt, dass ihr Geschwister seid. Über elf Jahre musste ich darauf warten.«

»Halb so wild?«, fährt Lilly ihn an. »Das war nicht halb so wild! Das war … Moment mal … Was soll das heißen, du musstest über elf Jahre warten? Heißt das etwa, du wusstest die ganze Zeit über, dass wir Geschwister sind?«

»Selbstverständlich wusste ich das«, antwortet Opa. »Ich weiß *alles*.«

»Du hast … Aber, das ist …«, stammelt Lilly fassungslos. »UND WARUM HAST DU UNS DANN NICHTS DAVON GESAGT? DU HÄTTEST ES UNS DOCH JEDERZEIT ERZÄHLEN KÖNNEN, ODER?«

»Klar, das hätte ich machen können«, sagt Opa und weicht ein Stück von Lilly zurück. »Wollte ich aber nicht.«

»UND WIESO NICHT?«, keift Lilly ihn an. »ICH MEINE, WIR SIND DEINE ENKEL! ALLE BEIDE! UND WIR HÄTTEN SCHON GANZ VIEL ZEIT MITEINANDER VERBRINGEN KÖNNEN!«

»Ach, ich mische mich einfach nicht gern in die Angelegenheiten anderer Leute ein«, sagt Opa.

»JA, ABER … ABER WIR SIND DOCH NICHT IR-

GENDWELCHE ANDEREN LEUTE! WIR SIND DEINE ENKEL! WIR GEHÖREN ZUR FAMILIE!«

»Besonders in Familienangelegenheiten mische ich mich grundsätzlich nie ein«, erwidert Opa. »Das gibt immer nur Ärger, vor allem in unserer Familie. Da ist dann entweder der eine beleidigt, oder der andere unzufrieden, man kann es nie allen recht machen, deswegen halte ich mich da schon lange raus.«

»ALLEN RECHT MACHEN?«, regt sich Lilly weiter auf. »WAS HAT DAS DENN DAMIT ZU TUN? DARUM GING ES DOCH BEI UNS GAR NICHT! ICH HÄTTE NUR SEHR GERN SCHON VIEL FRÜHER GEWUSST, DASS ICH EINEN BRUDER HABE! UND DU HÄTTEST ES MIR SAGEN KÖNNEN! DANN HÄTTE ICH MICH ALL DIE JAHRE NICHT SO ALLEIN GEFÜHLT OHNE ELTERN!«

»Na ja, wenn man's so betrachtet, stimmt, das hätte ich schon machen können«, sagt Opa. »Aber dafür ist es jetzt zu spät, ich kann die Zeit ja nicht zurückdrehen. Also, ich könnte es selbstverständlich schon, aber davon kriege ich immer Sodbrennen, das ist sehr unangenehm, das möchte ich nicht.«

»ACH JA? UND WEISST DU, WAS ICH NICHT MÖCHTE? DEINEN ANBLICK LÄNGER ERTRAGEN! DAS IST ECHT DAS LETZTE, DASS DU UNS DAS VERHEIMLICHT HAST! WER MACHT DENN

SOWAS? DU HAST DOCH ECHT NICHT MEHR ALLE LATTEN AM ZAUN! WEISST DU, WAS DU IN MEINEN AUGEN BIST? DU BIST EIN RIESENGROSSES A…«

Opa schnippt mit den Fingern. Aus Lillys Mund ist kein Ton mehr zu hören, obwohl sich ihre Lippen immer noch bewegen. Das sieht irgendwie lustig aus, aber ich wage es nicht, meine Mundwinkel auch nur einen Millimeter nach oben zu ziehen – es reicht vollkommen, dass sie auf unseren Opa sauer ist. Auf mich war sie es während des Körpertauschs oft genug, das brauche ich erstmal nicht so schnell wieder.

»Auch, wenn ich auf dem einen Ohr nicht mehr so gut höre, das war mir jetzt auf Dauer doch zu laut«, sagt Opa.

»Praktisch, dieser Trick«, sage ich. »Kannst du mir das beibringen?«

Lilly schreit immer weiter, es scheint ihr nichts auszumachen, dass man sie nicht hört. Jetzt hüpft sie auch noch vor ihm auf und ab und fuchtelt wild mit den Armen in der Luft herum.

»Deine Schwester ist immer so aufbrausend, nicht wahr?«, fragt mich Opa.

»Eigentlich nur, wenn sie sich über etwas ärgert«, sage ich. »Und sie ärgert sich oft. Aber in diesem Fall hat sie einen richtig guten Grund, finde ich. Du hättest uns das nicht verschweigen dürfen. Und Papa auch nicht. Oder hast du ihm etwa erzählt, dass wir Geschwister sind?«

»Nein«, antwortet Opa. »Er wusste ja gar nichts von Lilly. Das war seine Strafe.«

»Strafe? Wofür?«, will ich wissen.

»Dafür, dass er euch gezeugt hat, ohne mich vorher zu fragen. Ich hatte ihm sowas ausdrücklich verboten.«

»Sowas? Aber wir sind doch nicht *sowas*. Wir sind deine Enkel.«

»Ja, natürlich. Und darüber freue ich mich ja auch. Aber eigentlich hätte es euch gar nicht geben sollen. Aber euer Vater hat ja noch nie auf mich gehört, deswegen habe ich ihn ja auch da runtergeschickt, damit er mir nicht länger auf der Nase herumtanzt. Er ist einfach zu … Hey, was soll denn das?«

Lilly hat ihm in den Hintern getreten.

»Ach, Lilly«, sagt Opa seufzend. »Das bringt doch nichts. Muss ich dich auch erstarren lassen, oder beruhigst du dich langsam wieder?«

Lilly hört auf, mit den Armen zu fuchteln und verschränkt sie vor der Brust. Sie atmet ein paarmal deutlich hörbar durch die Nase schnaubend ein und aus.

»Siehst du, das ist doch schon viel besser«, sagt Opa. »Hörst du auf, mich anzuschreien, wenn ich dir deine Stimme wiedergebe?«

Lilly nickt mit finsterer Miene. Opa schnippt mit den Fingern.

»Luzie, wir gehen«, knurrt Lilly. »Ich bleibe keine Minute länger mit diesem … diesem Ekelpaket in einem Raum. Und du auch nicht. Du schläfst heute bei uns.«

Sie greift nach meiner Hand und zieht mich in Richtung Tür. Okay, nichts dagegen. Die Aussicht, die Nacht mit Opa in einem Bett zu verbringen, ist nicht gerade verlockend. Ich mag ihn genauso wenig wie Lilly. Und wer weiß, was er noch alles mit seinen verflixten Fingern anstellt. Keine Lust, morgen früh an der Decke klebend aufzuwachen, oder was auch immer ihm sonst noch so einfällt.

»Moment!«, sage ich und halte Lilly zurück. »Ich gehe nicht ohne Cornibus!«

»Ach ja, dein komischer Hausdämon«, sagt Opa angewidert. »Ja, nimm ihn mit, ich will ihn sowieso nicht in meiner Nähe haben. Er riecht nach Hölle.«

Er schnippt mit den Fingern, Cornibus löst sich aus seiner Starre. Er verwandelt sich sofort in seine ursprüngliche Gestalt, knurrt Opa kurz an und springt in meine Arme.

»Alles okay bei dir, Cornibus?«, frage ich ihn besorgt.

»Cornibus okay«, brummt er. »Aber Zihiho nicht okay. Zihiho böse. Cornibus nicht bei Zihiho bleiben.«

»Nein, keine Sorge, du kommst mit uns«, sage ich. »Wir schlafen heute bei Lilly.«

»Lilly schlafen gut. Aber Schlotzolade nicht vergessen. Cornibus braucht Schlotzolade. Mit schmecken.«

Ich lasse Lillys Hand los, gehe schnell an meinen Nachttischschrank und greife mir ein paar Tafeln Schokolade.

»Alles klar, wir können«, sage ich und folge Lilly aus der Tür.

»Ihr werdet mich noch mögen!«, ruft uns Opa hinterher. »Wartet's nur ab! Ihr werdet mich sogar lieben! Alle lieben mich irgendwann!«

Das klang fast wie eine Drohung. Und genauso empfinde ich es auch. Unser eigener Opa droht uns mit Liebe. Nichts wie weg hier.

Anpfiff

Na, super. Jetzt liege ich schon wieder in Lillys Bett. Ich dachte, das hätte sich nach dem Körpertausch endgültig erledigt. Ich hatte mich schon so darauf gefreut, wieder in meinem eigenen Körper in meinem eigenen Bett zu schlafen, aber daraus wird wohl erstmal nichts. Dort liegt jetzt Opa und es ist zu befürchten, dass er da noch länger liegt.

»Ich kann es immer noch nicht fassen«, knurrt Lilly neben mir. »Er hat es die ganze Zeit gewusst. Wir hätten zusammen aufwachsen können, Luzie. Wie richtige Geschwister. Egal, ob hier oben oder unten in der Hölle. Ich hätte einen Bruder gehabt und mich nicht so einsam gefühlt. Ich meine, ich liebe Onkel Wolfram, er hat sich immer super um mich gekümmert. Aber einen Bruder zu haben, wäre trotzdem viel schöner gewesen.«

»Ja«, stimme ich ihr zu. »Das wäre es wirklich. Aber reg dich nicht so sehr darüber auf, wir können es leider nicht mehr ändern.«

»Ich kann mich gar nicht genug darüber aufregen«,

knurrt Lilly weiter. »Was glaubt der eigentlich, wer er ist?«

»Er ist der CEO«, seufze ich. »Und er ist leider sehr, sehr mächtig.«

»Mir egal, wie mächtig der ist«, motzt Lilly. »Das gibt ihm noch lang nicht das Recht, so mit uns umzugehen. Ich meine, wir sind seine Enkel. So behandelt man seine eigenen Enkel doch nicht. Und wer will denn auch so einen Opa haben? Ich jedenfalls nicht. Wenn ich könnte, würde ich mich sofort von ihm als Opa scheiden lassen. Geht das? Kann man sich von seinem Opa scheiden lassen? Wahrscheinlich nicht, oder?«

»Keine Ahnung«, sage ich. »Würdest du das wirklich machen? Mir wäre ja das Risiko viel zu hoch.«

»Risiko? Was denn für ein Risiko?«

»Na, wenn sich bei uns unten zwei Dämonen nicht mehr mögen und sich offiziell scheiden lassen wollen, müssen sie zu Papa. Der lässt dann einen der beiden explodieren und schon sind sie geschieden. Das Risiko dabei ist, dass man vorher nie sagen kann, wer von beiden übrig bleibt, das entscheidet Papa spontan. Oder er lässt die beiden einfach würfeln. Die Chancen, so eine Scheidung zu überleben, stehen also 50:50. Von daher würde ich mir das an deiner Stelle sehr gut überlegen. Bei uns lassen sich nur sehr selten Leute scheiden.«

»Oh, das ist aber eine sehr endgültige Scheidung«,

stellt Lilly fest. »Das ist hier oben nicht so. Ich will nicht explodieren. Und er muss ja von mir aus auch nicht gleich explodieren. Ich will ihn nur nicht mehr sehen, diesen blöden CEO.«

»Cornibus Zihiho fressen?«, sagt Cornibus. »Cornibus Dinosaurier. Anpfiff von hinten. Zihiho Cornibus nicht sehen. Haps, haps. Zihiho weg.«

Cornibus hat es sich als Katze zwischen uns gemütlich gemacht und lässt sich von beiden Seiten kraulen.

»Das heißt Angriff, Cornibus«, verbessere ich ihn. »Und das ist viel zu gefährlich. Er mag Hausdämonen sowieso schon nicht, und wenn das schiefgeht, könnte er dir irgendwas antun, das würde ich mir nie verzeihen. Und Lilly hat es ja schon gesagt, wir wollen ihn ja nicht endgültig loswerden, er soll nur dahin verschwinden, wo er hergekommen ist und uns in Ruhe lassen. Es ist nicht gut, dass er hier ist. Ihr hättet Aaron und Gustav sehen sollen, das hat mir echt Angst gemacht. Sie waren überhaupt nicht mehr sie selbst. Und die anderen auch nicht. Sie stehen alle irgendwie unter seinem Einfluss.«

»Du selbst hast aber nichts davon gemerkt?«, fragt Lilly.

»Nein«, antworte ich. »Wahrscheinlich, weil ich mit ihm verwandt bin. Du solltest also auch dagegen immun sein.«

»Wenigstens etwas«, brummelt Lilly. »Aber das hilft uns leider auch nicht wirklich weiter. Wie bringen wir ihn bloß dazu, wieder abzuhauen?«

»Gute Frage. Von allein wird er jedenfalls nicht verschwinden, da müssen wir schon irgendwie nachhelfen. Das Problem ist nur: Er ist einfach zu mächtig. Seine Kräfte sind zu stark, dagegen kommen wir nicht an.«

»Hast du mal in deinem Buch nachgeguckt? Vielleicht steht da ja drin, wie man mit einem übermächtigen Opa fertig wird.«

»Stimmt, gute Idee«, sage ich.

Ich stehe kurz auf, hole das Buch aus meiner Hosentasche und krabbele zurück ins Bett.

»Dann wollen wir doch mal sehen«, sage ich.

Eine offensichtliche Lösung scheint es nicht zu geben,

sonst hätte sich das Buch jetzt von selbst auf der entsprechenden Seite aufgeschlagen, das hat es schon ein paarmal gemacht. Ich blättere ein bisschen wahllos darin herum.

Was hätten wir denn da? Vier Arme mehr und der Gegner hat's schwer. Klingt interessant, hilft aber gegen Opa sicher nicht. Der Daumenknoten der dreifachen Geschwindigkeit. Okay, damit kann man sehr schnell rennen, auch cool. Aber eher was für den Sportunterricht. Ist der Gegner zu groß, gibt's ne Kopfnuss im Schoß. Nein, Opas körperliche Größe ist ja nicht das Problem, eher die seines Egos. Hm, schwierig. Was haben wir denn noch? Oh, das könnte eventuell was sein. Wie geht das denn?

Das Kauen des klebrigen Kräftetauschs

Fünf Kaugummis in der linken Mundhälfte für eine halbe Stunde gleichmäßig dental zermahlen. Danach eine weitere halbe Stunde in der rechten Mundhälfte reifen lassen. Gegenüber des Zielobjekts frontal aufstellen. Kaugummi im eigenen rechten Nasenloch platzieren und Klebefaden bilden. Faden bis zur Nase des Zielobjektes ziehen und am rechten Nasenloch (falls vorhanden, sonst in der vermuteten Gesichtsmitte) fixieren. Drei Schritte zurücktreten, ohne Faden reißen zu lassen. Direkt im Anschluss laut rufen:

Eine groß, die andre klein –
Deine Kraft soll meine sein!

Bewirkt, dass man für fünf Minuten über die körperlichen und psychischen Kräfte des Zielobjekts verfügt.

Anzuwenden bei übermächtigen Gegnern und Armdrücken gegen Muskelpakete.

Vorsicht: Mit den Kräften werden auch eventuell vorhandene Krankheiten wie beispielsweise Schnupfen, Zahnweh oder Durchfall übertragen!

»Hier, guck mal«, sage ich und strecke Lilly das Buch entgegen. »Das könnte doch was sein, oder?«

Sie liest den Spruch.

»Ja, das klingt gut, könnte funktionieren«, sagt sie und grinst mich an. »Wenn du über seine Kraft verfügst, kannst du ihn wahrscheinlich mit einem Fingerschnippen ganz einfach wieder nach oben schicken.«

»Genau, das wäre der Plan«, sage ich. »Bleibt nur die Frage, was ein Kaugummi ist?«

Lilly lacht.

»Du hast noch nie einen Kaugummi gegessen?«, fragt sie.

»Nein«, antworte ich. »Gibt's die zum Frühstück oder eher zum Mittagessen? Drüben im Speisesaal gab's das jedenfalls noch nie. Ist das sowas wie alte Autoreifen? Die werden bei uns unten von manchen Dämonen gekaut. Aber die machen süchtig, deswegen habe ich nur einmal ein ganz kleines Stück probiert. So richtig lecker fand ich das aber nicht.«

»Das kann ich mir vorstellen«, sagt Lilly mit angewiderter Miene. »Aber keine Sorge, Kaugummis sind anders. Das ist eine Art Süßigkeit, nur, dass man sie nicht runterschluckt. Man kaut nur darauf herum und die gibt's in vielen verschiedenen Geschmacksrichtungen.«

»Das klingt interessant«, sage ich. »Und wo kriege ich die Dinger her?«

»Kein Problem, die kann man bei uns im Schulkiosk kaufen. Ich bring dir morgen welche mit.«

»Super«, sage ich. »Bring lieber gleich zehn mit, vielleicht muss ich das ja erstmal üben.«

»Das musst du doch nicht üben«, sagt Lilly lachend. »Kauen kannst du ja wohl.«

»Cornibus auch Kaukrummi? Cornibus gern kauen. Alles.«

»Kaugummi«, verbessert Lilly ihn. »Ja, du kriegst natürlich auch welche. Ich bringe am besten gleich eine 100er-Packung mit.«

»Yippie! Cornibus hundert Kaukrummi!«

»Die sind nicht alle für dich«, sage ich lachend. »Ein paar davon brauchen wir, um den CEO auszuschalten.«

»Zihiho ausschalten gut. Cornibus gern Kaukrummi abgeben.«

»Das ist sehr lieb von dir, Cornibus«, sagt Lilly. »Dann lasst uns jetzt mal schlafen, das könnte ein aufregender Tag werden morgen.«

»Für mich wird es erstmal ein sehr nerviger Tag«, seufze ich. »Ich muss mit Opa in den Unterricht. Das wird mit Sicherheit eine Katastrophe.«

»Ja, da musst du wohl leider durch«, sagt Lilly. »Aber ich komme so schnell es geht nach der Schule mit den Kaugummis nach Hause. Dann sind wir ihn bald los und alles wird endlich wieder normal.«

Lilly knipst das Licht aus.

»Schlaft gut, ihr zwei«, sagt sie gähnend. »Bis morgen früh.«

»Gute Nacht, Lilly. Nacht, Cornibus.«

Cornibus reagiert nicht. Wahrscheinlich schläft er schon. Ich kraule noch einmal seinen flauschigen Katzenbauch, dann drehe ich mich auf die Seite. Mit meinem eigenen Körper fühlt sich dieses Bett irgendwie komisch an. Ich will endlich wieder in meinem Bett schlafen. Morgen dann. Hoffentlich.

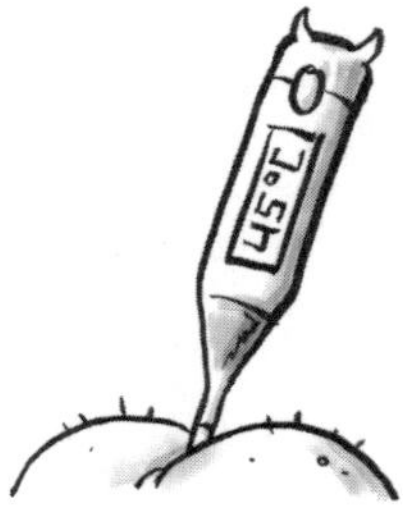

45 Grad

»Guten Morgen, Jungs!«, sagt der Holzapfel.

Was soll denn an diesem Morgen bitte gut sein? Ich bin gerade erst reingekommen, absichtlich genau pünktlich mit dem Läuten. Weil ich Opa erst so spät wie möglich über den Weg laufen wollte. Und wen sehe ich als Allererstes, als ich den Klassenraum betrete? Natürlich, Opa. Aber nicht einfach so, als einen von vielen Mitschülern, nein, das wäre ja vielleicht noch auszuhalten gewesen. Doch mein Opa ist eben nicht einer von vielen, und das muss er offenbar auch ständig unter Beweis stellen. Er sitzt *vor* der ersten Reihe. In einem riesigen, protzigen Chefsessel. Mit den Füßen auf Holzapfels Pult.

Würde ich das wagen, fände ich mich keine Minute später in Hasenfuß' Büro wieder, der mich zu hundert Wochen Spüldienst verdonnern würde. Aber der Holzapfel hat noch nicht mal komisch geguckt, als er seine Tasche auf dem Pult abgelegt hat. Er hat nur kurz gelächelt, als wäre es das Normalste auf der Welt.

»Guten Morgen, Herr Holzapfel!«, grüßen ihn alle im Chor zurück.

»Und wie jeden Morgen, geht ein ganz besonderer Gruß an einen ganz besonderen Schüler«, sagt der Holzapfel und strahlt dabei meinen Opa an. »Einen ganz entzückenden guten Morgen, lieber Deusl!«

»Guten Morgen, lieber Deusl!«, trällern alle außer mir. »Hoch lebe Deusl!«

Alle außer mir stehen auf und klatschen.

»Danke, danke!«, ruft Opa. »Das wäre doch nicht nötig gewesen. Euch auch einen guten Morgen.«

Als Aaron neben mir sich wieder gesetzt hat, zupfe ich ihn am Ärmel.

»Was soll denn das?«, zische ich ihm zu. »Du kennst diesen Typen doch überhaupt nicht.«

»Natürlich kenne ich ihn«, erwidert Aaron. »Jeder kennt ihn. Das ist der Deusl. Der geht schon ganz lang in unsere Klasse. Und er ist großartig. Großartig.«

»Ist er nicht«, knurre ich. »Das ist mein Opa. Du hast ihn gestern zum ersten Mal gesehen. Erinnerst du dich?

Ich habe Gustav und dir erzählt, dass er plötzlich hier aufgetaucht ist.«

»Ha, ha!«, lacht Aaron. »Du immer mit deinen komischen Witzen! Der Deusl ist doch kein Opa. Hast du überhaupt schon mal einen Opa gesehen? Opas sind viel älter. Und nicht in der Schule. Und nicht so großartig. Wenn ich das dem Deusl erzähle, der lacht sich schlapp. Schlapp.«

»Du sollst es ihm aber nicht erzählen«, erwidere ich. »Du solltest dich lieber von ihm fernhalten. Hörst du? Das ist wichtig. Er hat euch alle irgendwie … verhext. Ihr könnt nicht mehr klar denken.«

»Es scheint mir eher so, als ob *du* nicht mehr klar denken kannst«, sagt Aaron mit angesäuerter Miene. »Du warst wahrscheinlich einfach zu lang da unten in der Hölle. Und jetzt lass mich bitte in Ruhe. Ich möchte nicht verpassen, wenn der Deusl etwas sagt. Alles, was er sagt, ist nämlich großartig. Großartig.«

Auweia. Das ist ja noch schlimmer, als ich befürchtet habe. Jetzt wenden sich meine besten Freunde schon gegen mich. Eins steht fest: Der Deusl muss weg. Besser früher als später.

»So, wo waren wir?«, fragt der Holzapfel. »Ach ja, Winkelberechnung. Dann machen wir damit mal weiter. Es sei denn, Deusl hat etwas dagegen? Würdest du lieber etwas anderes als Mathematik machen? Geschichte? Deutsch? Wir können auch gar nichts machen, wie du möchtest.«

»Nein, nein«, sagt mein Opa. »Mathematik ist schon in Ordnung. Wenn's mir zu langweilig wird, sag ich Bescheid.«

»Ja, bitte, mach das«, sagt der Holzapfel und wendet sich an uns. »Also, zum Warmwerden hätte ich gern von euch ein paar bekannte Winkelgrößen gewusst. Wer kann mir zum Beispiel sagen, wieviel Grad ein rechter Winkel hat?«

Oh, das weiß ich sogar! Weil Aaron und Gustav vor zwei Tagen zum ersten Mal mit mir gelernt haben. Das muss sein, damit ich versetzt werde. Spaß macht das nicht unbedingt, dieses Lernen, aber offenbar bringt es etwas. Ich melde mich enthusiastisch. Ich weiß es, Herr Holzapfel! Nehmen Sie mich dran! Bitte, bitte!

Der Holzapfel lässt seinen Blick langsam über den Raum schweifen. Dann bleiben seine Augen bei Opa hängen. Nein, nicht den! Der meldet sich ja noch nicht mal! *Mich* sollen Sie drannehmen! Ich weiß es!

»Deusl«, sagt der Holzapfel. »Du weißt die Antwort doch sicher. Wie groß ist ein rechter Winkel?«

»Selbstverständlich weiß ich das«, sagt mein Opa grinsend. »Die Antwort lautet …«

Er macht eine theatralische Pause, alle starren ihn gespannt an.

»Kartoffelsalat!«, sagt er schließlich.

Wie bitte, was? Ha, ha, das ist aber nicht richtig! Ich dachte, der weiß *alles*! Kartoffelsalat! Ich lach mich kaputt! Das hab ich ja noch nie gehört! Was soll das denn sein? Entweder Kartoffeln oder Salat, beides zusammen, das geht doch gar nicht! Da hat er sich aber ordentlich blamiert, jetzt wissen alle, dass er nicht so schlau ist, wie er ständig behauptet.

Alle starren ihn mit weit geöffneten Mündern fassungslos an, sogar der Holzapfel. Dann klatscht er wie in Zeitlupe einmal die Hände zusammen. Und nochmal. Und nochmal.

»Das … Das war …«, sagt er. »Das war einfach brillant, Deusl!«

Alle fangen wild an zu klatschen und springen jubelnd von ihren Stühlen.

»Kartoffelsalat!«, johlen sie. »Deusl ist der Beste! Hoch lebe Deusl!«

Der Holzapfel zückt sein kleines rotes Notenbuch.

»Dafür gibt es selbstverständlich eine Eins, Deusl!«, sagt er und kritzelt etwas in das Buch. »Ach was, ich geb dir gleich zwei Einser, die hast du dir verdient!«

Meine Kinnlade schlägt hart auf dem Boden auf. Ich fasse es nicht. Die sind doch alle total irre. Und der Holzapfel ist ihr Anführer.

»Aber … Aber das geht doch nicht!«, rufe ich ihm

entsetzt entgegen. »Das stimmt nicht! Kartoffelsalat ist nicht die richtige Antwort! Kartoffelsalat ist kompletter Schwachsinn! Dafür kann er doch keine Eins kriegen!«

»Siehst du doch, dass er das kann«, erwidert der Holzapfel. »Zwei sogar. Ach, weißt du was, ich geb ihm sogar noch eine Eins dazu. Einfach nur, weil er der Deusl und mein allerbester Schüler ist.«

»Ist er nicht!«, erwidere ich. »Das hat er doch gerade bewiesen! Das war nicht die richtige Antwort! Die richtige Antwort ist neunzig! Ein rechter Winkel hat neunzig Grad!«

»Stimmt«, sagt der Holzapfel. »Das ist auch die richtige Antwort.«

»Nein, das ist nicht *auch* die richtige Antwort!«, stelle ich fest. »Das ist die *einzig* richtige Antwort! Kartoffelsalat ist gar keine Antwort, das ist einfach totaler Blödsinn!«

»Ganz so einfach ist das nicht, Vitus«, sagt der Holzapfel. »Wenn *du* Kartoffelsalat als Antwort gegeben hättest, ja, dann wäre das tatsächlich totaler Blödsinn. Bei Deusl ist das allerdings etwas anderes. Wie wir alle wissen, weiß Deusl nämlich alles. Deshalb ist es völlig egal, was er antwortet. Ich weiß ja, dass er es weiß, also ist alles richtig, was er antwortet. Stimmt's, Deusl? Du weißt, wie groß ein rechter Winkel ist?«

»Neunzig Grad«, sagt mein Opa grinsend.

Alle fangen an zu jubeln, als hätte er gerade beim Fußballspielen ein Tor geschossen.

»Aber … Aber das beweist doch gar nichts!«, brülle ich gegen sie an. »Das habe *ich* doch gerade gesagt! Er hat es eben von mir gehört und es einfach nur nachgeplappert!«

»Das hat der Deusl nicht nötig«, sagt der Holzapfel. »Dafür ist er viel zu großartig.«

»Genau!«, stimmt Gustav ihm von rechts neben mir zu. »Lass den Deusl in Ruhe, Vitus! Du bist doch nur neidisch, weil du nicht so großartig bist!«

»Jawohl!«, stimmt Aaron mit ein. »Neidisch bist du,

sonst nichts! Weil der Deusl viel toller ist als du! Als du!«

Die ganze Klasse fängt an zu applaudieren und mich auszubuhen. Ich rutsche fassungslos ganz tief in meinen Stuhl. Okay, ich habe es kapiert. Die sind alle nicht nur irre, sondern komplett wahnsinnig. Dagegen komme ich nicht an.

»Können wir dann weitermachen, oder hast du noch irgendein Problem mit unserem großartigen Deusl?«, fragt mich der Holzapfel.

»Macht doch, was ihr wollt«, knurre ich.

»Machen wir nicht«, sagt der Holzapfel. »Wir machen das, was Deusl will. Also, die nächste Frage. Wer kann mir denn sagen, wie groß ein gestreckter Winkel ist? Ja, Deusl?«

»Brimdumbeldideldei«, antwortet Opa.

»Fantastisch! Absolut genial!«, sagt der Holzapfel und klatscht wieder Beifall. »Dafür gibt es zehn Einsen!«

Das kann doch nicht wahr sein! Was war denn daran bitteschön genial? Das war ja noch nicht mal ein richtiges Wort! Das war kompletter Unfug! Das ist zu viel! Ich raste gleich aus! Ich könnte gerade jeden Einzelnen hier … Nein, das bringt ja doch nichts. Sie können ja nichts dafür. *Er* ist das Problem. Und ich kann erst in ungefähr fünf Stunden etwas gegen ihn unternehmen. Hoffentlich überlebe ich das bis dahin.

Ich lasse meinen Kopf vor mir auf den Tisch knallen und bleibe für den Rest der Stunde in dieser Position.

Als es zur Pause klingelt, bleibe ich so lange sitzen, bis alle meine Mitschüler den Raum verlassen haben. Ich will nicht mit denen raus auf den Schulhof. Da ist es mit Sicherheit genauso schlimm wie im Unterricht. Schlimmer noch, in der Pause gibt es viel mehr Schüler, die Opa anhimmeln werden.

»Vitus, raus mit dir!«, sagt der Holzapfel, als er an mir vorbeiläuft. »Du kennst die Regeln. Die großen Pausen werden draußen verbracht, das gilt für alle.«

»Ach ja?«, stöhne ich. »Für Deusl auch?«

»Nein, für Deusl natürlich nicht«, antwortet der Holzapfel. »Der Deusl kann machen, was er will. Immer und überall. Und jetzt hör auf, hier rumzudiskutieren, verschwinde.«

»Ja, ja, schon gut«, stöhne ich und erhebe mich schwerfällig von meinem Stuhl. »Ich geh ja schon.«

Noch bevor ich die Tür zum Schulhof öffne, dringt lauter Jubel an mein Ohr. Na, super. Was hat er denn jetzt wieder Tolles gemacht? Sich am Ohr gekratzt?

Als ich nach draußen trete, traue ich im ersten Moment meinen Augen nicht. Wie sieht's denn hier plötzlich aus? Ist das wirklich unser Schulhof, oder bin ich irgendwo falsch abgebogen? Wenn man bei uns unten die falsche Tür aufmacht, kann es schon mal passieren, dass man sich plötzlich in einer anderen dämonischen Dimension wiederfindet. Aber ich bin ja gerade nicht bei uns unten, und hier oben ist mir sowas noch nie passiert. In der Mitte des Schulhofs befindet sich ein großes Rechteck, das von einer Art niedrigem Zaun umschlossen wird. In dem Rechteck befinden sich alle Schüler und gleiten irgendwie im Kreis herum. Ein paar Lehrer sind auch dabei, und sogar der Hasenfuß gleitet lächelnd an mir vorbei. Was ist denn hier los? Was soll das denn?

»Ah, Luzie, da bist du ja endlich!«, höre ich Opas Stimme neben mir.

Ich drehe mich zu ihm.

»Was … Was hast du gemacht?« frage ich ihn. »Du kannst doch nicht einfach alles verändern hier.«

»Doch, kann ich«, erwidert er. »Deswegen mache ich es ja auch, kann ja sonst keiner.«

»Ja, aber das ist unser Schulhof«, sage ich.

»Jetzt nicht mehr. Jetzt ist es eine Eislaufbahn. Und die habe ich extra für dich gemacht.«

Eine wie bitte was? Eislaufbahn? Hab ich noch nie gehört. Ich weiß, dass Eis sehr lecker ist, vor allem Vanilleeis. Und dass es zerläuft, wenn man es zu langsam isst. Ist das dann Eislauf? Kapier ich nicht.

»Für mich?«, frage ich verwundert. »Warum?«

»Ich weiß aus zuverlässiger Quelle, nämlich von mir, dass du noch nie Schlittschuh gelaufen bist«, sagt Opa. »Wie denn auch? Bei euch unten gibt es ja kein Eis. Und da habe ich mir gedacht, vielleicht möchtest du das ja mal ausprobieren, es macht nämlich sehr viel Spaß.«

»Schlittschuh?«, frage ich, weil ich diesen Ausdruck noch nie gehört habe.

»Ja. Hier, ich hab ein Paar in deiner Größe für dich.«

Er schnippt mit den Fingern und hat plötzlich zwei seltsam aussehende Schuhe in der Hand. Da ist noch was unten dran, eine Art Messer oder so. Wie soll man

denn damit laufen? Das geht doch gar nicht. Aber irgendwo habe ich diese Dinger schon mal gesehen. Bei uns unten. Nur nicht an Füßen. Irgendwo anders. Ah, ich weiß es wieder! Die Folterknechte aus Abteilung 9b tragen diese Dinger an den Händen und führen damit die Gesichtsoperationen an den Pfuschenden Schönheitschirurgen aus. Dass diese Dinger Schlittschuhe heißen, wusste ich nicht.

»Los, zieh sie mal an«, sagt Opa und drückt mir die Dinger in die Hand. »Ich verspreche dir, das wird ganz viel Spaß machen.«

Ich sehe ihn skeptisch an. Das ist ja ausnahmsweise ganz nett von ihm. Aber ich will eigentlich nichts gut finden, was er macht. Und bisher gab es auch noch keinen Anlass dafür. Die anderen sehen aber tatsächlich so aus, als hätten sie sehr viel Spaß. Na gut. Dann probiere ich dieses Eislaufen mal aus. Aber nur ganz kurz. Und ich werde ihm auf keinen Fall zeigen, dass mir das Spaß macht.

Ich schlüpfe in die Schlittschuhe und binde sie zu. Dann versuche ich aufzustehen. Das ist gar nicht so einfach, stelle ich fest. Ich muss mich an Opa festhalten, damit ich nicht umfalle. »Und damit soll ich jetzt auch noch laufen, oder wie?«, frage ich ihn.

»Warte, ich zeige es dir«, sagt Opa.

Er führt mich an den Zaun heran, ich halte mich daran fest. Opa lässt mich los, öffnet eine Tür in dem Zaun und betritt das Rechteck. Ah, jetzt sehe ich, wie das funktioniert. Die laufen gar nicht alle, sie rutschen vorwärts. Wie das geht, weiß ich. Das machen Aaron, Gustav und ich manchmal, wenn Herr Rosenberg den Boden im Speisesaal frisch poliert hat. Dann schlittern wir auf Socken darauf herum, das ist immer sehr lustig.

»Alle mal herhören!«, ruft mein Opa. »Bitte die Eisfläche kurz freimachen, damit ihr den besten Schlittschuhläufer im Universum bestaunen könnt!«

War ja klar, dass er wieder eine Riesenshow daraus machen muss. Aber interessant, das ist also kein normaler Boden, sondern eine Eisfläche. Das heißt also, man läuft gar nicht mit dem Schlittschuh, sondern rutscht damit übers Eis? Und wofür sind dann die Messer? Oh, jetzt sehe ich es gerade. Opa gleitet auf den Messern in die Mitte der Eisfläche. Das sieht ja ganz leicht aus, das kriege ich sicher auch hin.

Opa schnippt mit den Fingern. Alle Kratzer auf der Eisfläche verschwinden, sie sieht jetzt blitzblank aus.

»Musik!«, ruft Opa und schnippt wieder mit den Fingern.

Sehr laute Musik ertönt von irgendwo her. Ich kenne das Lied nicht, aber Papa hört unten manchmal sowas Ähnliches, wenn er besonders schlechte Laune hat. Er nennt das Knetofen oder so ähnlich.

Als die Musik noch lauter wird, zischt Opa los. Er flitzt über das Eis, mal links, mal rechts, fährt kleine und große Kreise, dreht sich um sich selbst und springt zwischendurch hoch in die Luft. Wenn er das macht, johlen und klatschen alle jedes Mal wie verrückt. Opa fährt und jubelt, bis die Musik aufhört. Dann verbeugt er sich ganz tief und der Applaus wird ohrenbetäubend laut. Okay, zugegeben, das war schon ziemlich eindrucksvoll, aber so ausrasten muss man deshalb auch nicht.

Er kommt auf mich zugefahren.

»Na, hast du das Bild gesehen?«, fragt er grinsend.

Bild? Was denn für ein Bild? Ich schaue ihn fragend an, er zeigt auf die Eisfläche hinter sich. Oh. Verdammt.

Der Mann ist wirklich gut. Die Kratzer, die er während seiner Fahrt auf dem Eis hinterlassen hat, haben ein Gesicht geformt. Sein Gesicht, natürlich. Meine Hände zucken kurz, um zu klatschen, aber ich kann mich gerade noch beherrschen – diese Genugtuung gönne ich ihm nicht.

»So, jetzt du«, sagt er und macht mir demonstrativ den Weg auf die Eisfläche frei.

Alles klar. Das kriege ich hin. Vielleicht nicht ganz so eindrucksvoll wie Opa, aber so ein paar schnelle Kreise schaffe ich bestimmt auch.

Ich setze den ersten Schlittschuh aufs Eis, stoße mich von dem Zaun ab, sause plötzlich vorwärts und … falle voll auf die Schnauze. Aua! Das tut ja richtig weh! Und es ist verdammt kalt an den Händen. Lautes Gelächter dringt an mein Ohr. Ich hebe meinen Kopf und sehe Aaron und Gustav. Selbst sie lachen. Meine besten Freunde lachen über mich. Das macht mich sehr, sehr traurig – und gleichzeitig wütend. Na wartet, euch zeig ich's! Ich rapple mich wieder auf. Das heißt, ich versuche es, aber dieses Eis ist viel zu glatt, ich krache nochmal hin, diesmal direkt auf meinen Ellenbogen. Au, verflucht! Blödes Eis, bescheuertes. Das ist viel zu glatt, um darauf zu laufen. Kann man stattdessen nicht lieber Sand als Untergrund nehmen? Darauf rutscht man nicht so fies herum.

Ich rapple mich wieder auf und schaue zu Opa, der mir das eingebrockt hat. Das war doch bestimmt Absicht, er will mich nur vor allen blamieren. Ich funkele ihn böse an. Er grinst und schnippt mit den Fingern. Oh, was ist das denn? Ich fühle mich auf einmal so leicht. Und ich habe auch keine Probleme mehr mit dem Gleichgewicht. Ich gucke nach unten. Meine Füße berühren nicht mehr den Boden, sie schweben ganz knapp darüber. Plötzlich sause ich los, ohne selbst etwas zu machen. Ich zische über das Eis, fahre Kurven und Kreise, springe und drehe mich in der Luft, mir wird ganz schwindlig davon.

Ich rase auf die Mitte der Eisfläche zu. Plötzlich hebe ich ab, vollziehe in der Luft drei Saltos, lande direkt auf meinen Füßen und bleibe stehen. Eine Sekunde lang ist es mucksmäuschenstill, dann fangen alle an zu jubeln und tosender Applaus erfüllt die Halle. Für einen sehr kurzen Moment fühlt es sich fantastisch an, sich so feiern zu lassen, und ich kann verstehen, wieso Opa das ständig will. Aber genau das ist es, was mich stört. Die Jungs feiern ja gar nicht mich. *Ich* habe nichts gemacht. *Ich* kann nicht einmal drei Meter auf diesen Schlittschuhen zurücklegen, ohne auf die Schnauze zu fliegen, was mein immer noch schmerzender Ellenbogen beweist. Die jubeln also gerade alle nicht mir zu, sondern Opa. Oder seinen Fingern, die das möglich gemacht haben. Ich will aber nicht für Opas Finger gefeiert werden, das macht keinen Spaß, weil es nicht echt ist.

Ich tippele ganz vorsichtig Schritt für Schritt von der Eisfläche. Als ich kurz vor dem Ausgang bin, verliere ich trotzdem das Gleichgewicht und lande hart auf meinem

Hintern. Jetzt lachen wieder alle. Das ist alles andere als schön, aber wenigstens ist es ehrlich und meinen nicht vorhandenen Eislauffähigkeiten angemessen.

Opa gibt den anderen ein Zeichen, sie strömen zurück auf die Eisfläche.

»Wieso machst du denn so ein Gesicht?«, fragt mich Opa, als ich bei ihm angekommen bin. »Du warst großartig! Nicht ganz so großartig wie ich natürlich, aber das ist ja auch unmöglich.«

»Das war nicht ich«, erwidere ich brummend. »Das warst du. Und ich habe dich nicht darum gebeten.«

»Ach, *du*, *ich*, das interessiert doch keinen«, sagt Opa. »Es hat deine Mitschüler beeindruckt, das ist alles, was zählt.«

»Nein, ist es nicht. Jedenfalls nicht für mich. Ich will nicht für etwas gefeiert werden, was ich nicht verdient habe. Darüber kann ich mich nicht freuen.«

»Ja, aber das funktioniert doch nicht. Wie soll dich denn jemand feiern, wenn du ganz offensichtlich eine Niete im Schlittschuhlaufen bist?«

»Genau, ich bin eine Niete im Schlittschuhlaufen«, brumme ich. »Das ist eben so. Dafür wird man nicht gefeiert, sondern ausgelacht. Und ich werde lieber ehrlich ausgelacht als unehrlich gefeiert.«

»Das verstehe ich nicht«, sagt Opa und kratzt sich am Kopf.

»Und genau das ist das Problem«, brumme ich. »Du verstehst ganz viel nicht, wenn es um mich geht. Vor allem verstehst du nicht, dass ich dich nicht hierhaben will. Du bringst alles durcheinander. Vor allem meine Freunde.«

»Wieso, was ist denn mit deinen Freunden? Die haben doch jede Menge Spaß. Guck, die amüsieren sich prächtig.«

Ich stehe auf und sehe, wie Aaron und Gustav lachend an mir vorbeifahren, ohne mich zu beachten.

»Natürlich haben die jede Menge Spaß«, sage ich. »Aber ohne mich. Sie interessieren sich nämlich nicht mehr für mich. Sie interessieren sich nur noch für den Deusl.«

»Verständlich«, sagt Opa grinsend. »Der ist ja auch großartig, der Deusl.«

»Das ist Ansichtssache«, knurre ich.

»Wofür brauchst du denn eigentlich diese Freunde?«, will Opa wissen.

»Na, für alles«, antworte ich. »Zum Reden, zum Quatsch machen, wenn ich mal Hilfe brauche, Aaron und Gustav sind immer für mich da. Oder *waren* immer für mich da. Bis du hier aufgetaucht bist.«

»Aber reden und Quatsch machen kannst du doch auch mit mir«, erwidert Opa. »Und wenn du Hilfe brauchst, helfe ich dir sofort. So wie eben beim Schlittschuhlaufen. Das kann ich doch auch viel besser als diese zwei. Lass mich dein Freund sein, dann brauchst du die beiden nicht mehr.«

Wie bitte? Das hat er jetzt aber hoffentlich nicht ernst gemeint, oder?

»Du spinnst wohl!«, pflaume ich ihn an. »Freunde tauscht man doch nicht einfach so aus wie alle zehn Tage die Unterhose! So funktioniert das nicht mit Freundschaft! Da kann man nicht einfach hingehen und sagen, heute ist der mein Freund und morgen jemand anderes. Außerdem sind Freunde immer Leute, die man mag. Sehr gerne mag, sogar. Und dich mag ich überhaupt nicht, also wirst du auch nie mein Freund sein. Schlimm genug, dass du mein Opa bist, aber das kann ich mir ja nicht aussuchen. Meine Freunde schon.«

»Na, dann suchst du eben einfach *mich* aus, sobald du mich magst. Das kann nicht mehr lang dauern. Irgendwann mag mich *jeder*.«

»Du kapierst es einfach nicht!«, schreie ich ihn an. »Ich werde dich nie mögen! Und das muss ich auch nicht, dazu kann mich niemand zwingen, selbst du nicht! Also verschwinde am besten einfach wieder dahin, wo du hergekommen bist! Und nimm diese blöde Eisfläche mit! Die gehört nicht hierher, so wie du! Außerdem ist die Pause längst zu Ende, wir müssen wieder in den Unterricht!«

»Keine Sorge, müssen wir nicht«, erwidert er grinsend. »Die Pause ist erst dann zu Ende, wenn ich das sage. Hach, es ist schon praktisch, ich zu sein. Und großartig ist es auch.«

Boah, ich flippe gleich aus! Mit diesem Mann ist kein normales Gespräch möglich, es geht immer nur um ihn.

»Weißt du was?«, brülle ich ihn an. »Du kannst dir deine Großartigkeit sonst wohin stecken! Ich gehe jetzt in den Unterricht! Obwohl ich Unterricht nicht mag! Aber dich mag ich noch weniger! Und das bleibt auch so! Tschüs!«

Ich stapfe wutentbrannt davon – und fliege zwei Schritte später voll auf die Schnauze, weil ich die blöden Schlittschuhe noch anhabe. Au, verflucht! Natürlich wieder genau auf den Ellenbogen! Verdammt nochmal! Aber das regt mich nur halb so viel auf wie mein Opa! Jetzt kann nur noch eins helfen: Kaugummi.

Zeitverschwendung

»Wie lange noch?«, frage ich.

Lilly guckt auf die Uhr.

»Noch drei Minuten«, sagt sie.

Puh, zum Glück, gleich hab ich es geschafft. Kann man eigentlich Muskelkater im Mund kriegen? Falls ja, habe ich morgen sicher einen besonders fiesen. Diese Kaugummis schmecken zwar ziemlich lecker, aber so lange am Stück habe ich noch nie auf irgendetwas herumgekaut, das ist ganz schön anstrengend.

Wir sitzen auf Lillys Bett, ich habe nach der Schule hier auf sie gewartet, weil ich nicht in mein Zimmer zu Opa wollte. Ich habe ihr dann gleich alles erzählt, was heute Morgen passiert ist. Bei der Sache mit der Eisfläche hat sie zuerst gedacht, ich veräpple sie. Opa hat sie vor dem Mittagessen mit einem Fingerschnippen verschwinden lassen, also konnte Lilly sie nicht mehr sehen, als sie nach Hause kam. Als ich ihr meinen aufgeschrammten Ellenbogen gezeigt habe, hat sie mir aber doch noch geglaubt. Er tut immer noch weh, wenn ich meinen Arm drehe. Hoffentlich ist er nicht kaputt.

»Wie lange jetzt?«, frage ich.

»Eine noch«, antwortet Lilly.

»Cornibus mehr Kaukrummi! Zu klein! Alle weg!«

»Hast du etwa schon wieder alle zehn runtergeschluckt?«, fragt Lilly. »Du sollst sie doch nur kauen, dann halten sie auch länger.«

»Cornibus nicht kauen. Kauen Zeitverschwemmung. Aber Kaukrummi lecker! Mehr Kaukrummi!«

»Das heißt Zeitverschwendung«, verbessert ihn Lilly. »Und es ist leider nur noch ein Kaugummi übrig, tut mir leid.«

»Eins Kaukrummi zu wenig! Cornibus Hunger!«

»Da kann ich dir leider gerade auch nicht helfen«, sagt Lilly und guckt auf ihre Uhr. »Kannst aufhören, Luzie. Die halbe Stunde ist um.«

»Uff, endlich«, stöhne ich und höre auf zu kauen. »Und jetzt?«

»Jetzt schiebst du das Ding in deinem Mund auf die andere Seite und wir warten eine halbe Stunde«, antwortet Lilly. »Verschluck es bloß nicht aus Versehen, wir haben keine mehr.«

»Nein, keine Sorge, ich pass auf. Hoffentlich funktioniert das dann auch.«

»Ja, hoffentlich«, sagt Lilly. »Die Frage ist, wie wir es schaffen, dass er sich den Kaugummi an die Nase kleben lässt. Ich meine, das ist schon eklig. Ich würde das jedenfalls nicht so einfach mit mir machen lassen.«

»Hm, stimmt«, sage ich nachdenklich. »Vielleicht haben wir ja Glück und er schläft?«

»Geht nicht«, erwidert Lilly. »Im Buch steht, du musst dich frontal gegenüber aufstellen. Er wird ja wohl kaum im Stehen schlafen, oder?«

»Nein, sicher nicht. Wobei, dem traue ich alles zu. Aber es ist doch sehr unwahrscheinlich. Vielleicht könnten wir ihn ja fesseln?«

»Wie willst du das denn schaffen? Bis wir ein Seil um seine Hände gelegt haben, hat er doch längst zehnmal mit den Fingern geschnippt.«

»Ja, ich fürchte, du hast recht, das wird auch nicht klappen. Mist. Das wird verdammt schwierig.«

»Warte mal ... Ich glaube ... Ja, so könnte es funktionieren! Wir müssen ihm nur ...«

»AAAAAAAAAAAAAH!«, unterbricht sie plötzlich ein Schrei.

»Das ist Onkel Wolfram!«, sagt Lilly und springt erschreckt auf.

Sie stürzt aus dem Zimmer, ich folge ihr.

»AAAAAAAAAAAAAAH!«, schreit Herr Rosenberg wieder.

»Das kommt aus der Küche!«, sagt Lilly aufgeregt.

Als wir in der Küche ankommen, steht Herr Rosenberg vor dem Kühlschrank. Er ist kreidebleich und zittert am ganzen Körper.

»Was ist denn los, Onkel Wolfram?«, fragt Lilly besorgt. »Geht's dir nicht gut?«

»Da … Da … Da drin!«, stammelt er und zeigt auf den Kühlschrank. »Eine Mo… Mo… Mo… Monsterspinne!«

»Ach so!«, sagt Lilly und lacht erleichtert auf. »Ich dachte schon, es wäre etwas Schlimmes.«

Sie wendet sich an mich.

»Falls du es noch nicht weißt: Onkel Wolfram hat panische Angst vor Spinnen«, erklärt sie mir. »Auch vor ganz klitzekleinen, die man kaum sieht.«

»Die … Die … ist aber nicht klitzeklein!«, stammelt Herr Rosenberg panisch. »D-D-Das ist ein Monstrum!«

»Natürlich, Onkel Wolfram«, sagt Lilly und zwinkert mir zu. »Die ist ganz sicher riesig und frisst uns gleich alle auf.«

Lilly geht an den Kühlschrank und legt eine Hand an den Türgriff.

»Geht lieber ein paar Schritte zurück, damit sie euch nicht ins Gesicht springt«, sagt sie kichernd.

Sie öffnet die Kühlschranktür.

»AAAAAAAAAAH!«, schreit sie und springt panisch in die Arme ihres Onkels. »DAS IST JA WIRKLICH EIN MONSTRUM!«

Nein, ist es nicht. Das ist nur Cornibus. Ich habe ihn gleich erkannt. Er füllt ein komplettes Fach im Kühlschrank aus und stopft sich mit den vorderen vier seiner acht Beine Essen in den Mund.

»Hallo Lilly«, sagt er. »Hallo Onkel Dosenzwerg. Tür wieder zumachen? Schön dunkel. Cornibus gern in Dunkel essen.«

Lilly und ihr Onkel atmen deutlich hörbar auf.

»Spinnst du, Cornibus?«, meckert Lilly. »Uns so zu erschrecken!«

»'tschuldibung«, sagt Cornibus. »Tut Cornibus leid. Nicht Absicht. Nur Hunger.«

»Du kleiner verfressener Schlingel«, sage ich lachend. »Wie bist du überhaupt da reingekommen?«

»Cornibus erst Affe. Affe Tür auf, Tür zu. Dann Cornibus Eichhörnchen. Eichhörnchen Arme zu kurz. Und zu wenig. Also Cornibus Spinne.«

»Puh«, stöhnt Herr Rosenberg erleichtert. »Ich habe fast einen Herzinfarkt gekriegt. An einen Hausdämon in der Wohnung muss ich mich wohl erst noch gewöhnen.«

»Keine Sorge«, sagt Lilly. »Wenn das, was wir gleich vorhaben, klappt, musst du das nicht, dann zieht Cornibus heute noch mit Luzie wieder nach drüben in sein Zimmer.«

»Wieso, was habt ihr denn vor?«, will Herr Rosenberg wissen.

»Wir wollen dafür sorgen, dass Opa wieder verschwindet«, sage ich.

»Opa?«, fragt Herr Rosenberg verwundert. »Welcher Opa denn?

»Aber das haben wir dir doch erzählt«, sagt Lilly. »*Unser* Opa. Der CEO. Der von ganz oben. Er ist hier. Deshalb sind Luzie und Cornibus doch auch bei uns.«

»Ich weiß nichts von einem Opa«, sagt Herr Rosenberg und kratzt sich ratlos am Kopf.

Ich ziehe Lilly ein Stück zu mir heran und flüstere in ihr Ohr.

»Er hat ihn getroffen«, wispere ich. »Wahrscheinlich heute Morgen drüben in der Schule. Und jetzt ist er genauso von ihm besessen wie die anderen.«

»Oh, nein!«, seufzt Lilly. »Bist du dir sicher? Manchmal ist er auch einfach nur sehr vergesslich.«

»Wir meinen den Deusl«, sage ich zu Herrn Rosenberg.

»Der Deusl? Unser Deusl? Der großartige Deusl? Ich liebe den Deusl ja. Er hat mich heute Morgen zwischen den Pausen in der Eishalle die Zamboni fahren lassen. Das habe ich mir schon immer mal gewünscht, und der Deusl hat das gewusst. Der Deusl weiß einfach alles. Aber was hat der Deusl denn mit eurem Opa zu tun?«

»Ach, nichts«, sagt Lilly. »Luzie hat da was verwechselt. Wir finden den Deusl auch ganz toll. Aber jetzt müssen wir weg.«

Sie zieht mich am Ärmel.

»Los, raus hier«, zischt sie mir zu. »Du hattest recht, da ist nichts mehr zu retten, er steht voll unter seinem Einfluss.«

»Okay«, sagt Herr Rosenberg. »Wenn ihr den Deusl seht, grüßt ihn bitte ganz lieb von mir!«

»Machen wir«, sagt Lilly. »Pass du bitte so lang auf Cornibus auf.«

»Muss das sein?«, fragt Herr Rosenberg. »Er macht mir Angst.«

»Cornibus, Katze!«, sage ich. »Und bleib so, bis wir wieder da sind!«

Cornibus grummelt kurz und verwandelt sich in eine Katze.

Lilly und ich verlassen die Küche.

»Lass uns gleich rübergehen«, schlägt Lilly vor. »Ich erkläre dir meine Idee auf dem Weg.«

Eine Viertelstunde später stehen wir vor meinem Zimmer.

»Alles klar«, sagt Lilly leise. »Die halbe Stunde ist um, der Kaugummi müsste reif sein.«

»Wenn man das daran merkt, dass er nach absolut nichts mehr schmeckt, dann ist er schon überreif«, stelle ich fest.

Lilly greift nach der Türklinke.

»Also, wir machen das so wie eben besprochen«, flüstert sie. »Du überlässt das Reden erstmal mir.«

Ich nicke. Lilly öffnet die Tür, wir betreten mein Zimmer.

Opa liegt als Deusl auf meinem Bett und blättert in dem Comic, den ich mir auf unserem Ausflug nach Frankreich gekauft habe.

Als er uns sieht, lächelt er uns an.

»Ah, meine Enkel!«, sagt er. »Mit euch hätte ich ja gar nicht gerechnet. Schön, dass ihr mich besucht. Habt ihr endlich eingesehen, dass ich äußerst liebenswert bin?«

»Hallo Opa«, sagt Lilly. »Na ja, wir haben noch mal nachgedacht. Wir hatten einen schlechten Start, das tut uns leid. Aber du bist schließlich unser Opa. Und in Familien gibt es ja immer mal Ärger, aber hinterher hat man sich trotzdem wieder lieb. Verzeihst du uns, dass wir dich so angemotzt haben? Bitte, bitte.«

Lilly klimpert mit den Augen und lächelt ihn zuckersüß an. Ich wusste gar nicht, dass sie so gucken kann – sie sieht aus wie Cornibus, wenn er mich als Dackel um irgendetwas anbettelt.

»Ja, bitte, bitte«, sage ich und versuche einen ähnlichen Blick aufzulegen.

»Ich wusste es!«, sagt Opa und steht vom Bett auf. »Ihr konntet meinem natürlichen Charme nicht lange widerstehen! Natürlich verzeihe ich euch! Ich bin nämlich unter anderem dafür berühmt, dass ich sehr gut verzeihen kann! Kommt an mein Herz, ihr Süßen!«

Er breitet seine Arme aus und winkt uns zu sich heran. Wir gehen auf ihn zu und lassen uns von ihm umarmen. Er drückt uns ganz fest an sich. Oh, was riecht denn hier auf einmal so gut? Ist er das? Ja, das ist Opa. Unser Opa riecht ganz fantastisch. Wer hätte das gedacht? Das ist die erste positive Sache, die ich über ihn sagen kann.

»Hach, ihr glaubt gar nicht, wie sehr mich das freut!«, sagt er und lässt uns wieder los. »Genau das habe ich mir die ganze Zeit gewünscht. Das muss gefeiert werden. Wie wäre es mit einer Riesen-Party? Ich könnte den Schulhof in einen Zirkus verwandeln. Mit Clowns und Akrobaten und Löwen und Tigern, was ihr wollt. Und ihr beiden seid die Zirkusdirektoren. Dann kommen alle und jubeln euch zu. Und mir natürlich auch. Mir zuerst, dann euch. Oh, das wird toll! Seid ihr bereit? Gleich geht's los!«

Er hebt seine Hand und zückt bereits den Finger zum Schnippen, aber Lilly hält ihn zurück.

»Äh … das ist sehr lieb, Opa!«, sagt sie schnell. »Aber … Aber wir wollten eigentlich erstmal ein bisschen Zeit mit dir allein verbringen. Wir haben uns doch noch nie gesehen, und durch unser blödes Verhalten haben wir schon so viel Zeit verschwendet. Können wir nicht einfach erstmal hierbleiben? Nur wir drei? Feiern können wir doch später noch.«

»Aber natürlich können wir hierbleiben«, sagt Opa. »Ich verstehe euch sehr gut. Jeder hätte mich gern für sich allein. Ich bin schließlich die beste Gesellschaft, die es gibt, da stören andere nur.«

»Genau«, sagt Lilly. »Wir wollen dich ganz für uns allein haben, weil keiner so toll ist wie du.«

»Das stimmt natürlich«, sagt Opa lächelnd. »Gut, dann bleiben wir hier. Was wollt ihr machen? Soll ich euch ein paar Geschichten über mich erzählen und ihr hört mir staunend und bewundernd zu?«

»Äh … sehr gern!«, sagt Lilly. »Aber wir dachten, wir könnten vielleicht zusammen ein lustiges Spiel spielen? Wir spielen so gern und mit dir macht es bestimmt noch tausendmal mehr Spaß.«

»Oh, diese Idee hätte von mir sein können«, sagt Opa. »Ich habe schon ewig kein Spiel mehr gespielt, dabei mache ich das so gerne. Aber oben spielt leider seit Jahrtausenden niemand mehr mit mir, weil ich immer gewinne. Das macht euch doch hoffentlich nichts aus?«

»Nein, nein«, sagt Lilly. »Uns geht es nicht ums Gewinnen. Hauptsache, du spielst mit uns und wir haben gemeinsam ganz viel Spaß. Und wir können dabei ja bestimmt noch ganz viel von dir lernen.«

»Oh ja, das könnt ihr«, sagt Opa. »Von mir kann man *immer* lernen. Was wollt ihr denn spielen? Mau-Mau? Das hab ich immer gern gespielt. Aber ihr müsst mischen, das ist mir zu langweilig.«

»Mau-Mau können wir gern auch spielen«, sagt Lilly. »Aber wir haben sogar selbst ein Spiel erfunden. Wir dachten, du hast doch so viele Sachen erfunden, dann probieren wir das auch mal, sozusagen als Familientradition. Es wäre uns eine große Ehre, wenn du der Erste sein könntest, der es mit uns spielt. Hast du Lust?«

»Oh, ein ganz neues Spiel!«, sagt Opa und klatscht begeistert in die Hände. »Und ich darf der Erste sein, der es ausprobiert! Natürlich habe ich Lust!«

Super, Lillys Plan funktioniert, er macht mit! Ich weiß nicht, ob ich es geschafft hätte, ihn so vollzuschleimen, das hat sie perfekt hingekriegt.

»Prima«, sagt Lilly. »Dann fangen wir gleich an. Es ist eine Art Geschicklichkeitsspiel. Man kann es nur zu zweit spielen. Luzie hat das Spielgerät schon im Mund, du trittst zuerst gegen ihn an. Ich bin die Schiedsrichterin, wir wechseln uns dann ab.«

»Verstehe«, sagt Opa. »Was muss ich machen?«

»Ihr müsst euch gegenüber aufstellen«, erklärt Lilly. »Luzie hat einen Kaugummi im Mund. Den muss er gleich lang ziehen und ein Ende an seiner und das andere an deiner Nase befestigen.«

»Das klingt aber ganz schön eklig«, sagt Opa.

»Das geht leider nicht anders«, sagt Lilly. »Kaugummi ist das einzige Material, mit dem das Spiel funktioniert. Und ein bisschen Ekel gehört dazu, das ist lustiger für die Zuschauer. Seid ihr bereit?«

»Ja«, sagt Opa.

Ich nicke und nehme den Kaugummi aus dem Mund. Ich ziehe das Zeug ein bisschen auseinander und klebe ein Ende an mein rechtes Nasenloch. Ich trete näher an Opa heran und klebe das andere Ende an sein linkes Nasenloch. Opa kichert.

»Stimmt, das ist irgendwie lustig«, sagt er. »Und jetzt?«

»Jetzt muss Luzie ganz langsam rückwärtslaufen«, erklärt Lilly. »Ziel des Spiels ist es, dass der Faden zwischen euch so lang wie möglich wird, bis er reißt. Derjenige, der dann das längere Stück an der Nase kleben hat, hat gewonnen.«

»Ah, verstehe«, sagt Opa. »Das heißt, ich bleibe in der ersten Runde einfach stehen?«

»Genau, du darfst dich nicht bewegen«, sagt Lilly. »Luzie, bist du bereit?«

Sie wirft mir einen kurzen, ernsten Blick zu, ich nicke.

»Auf mein Kommando«, sagt Lilly. »Auf die Plätze! Fertig! Los!«

Ich trete vorsichtig einen Schritt zurück. Der Faden hält. Der nächste Schritt. Immer noch alles in Ordnung.

»Oh, das ist spannend!«, sagt Opa aufgeregt.

Okay, einen Schritt noch. Ich setze meinen linken Fuß nach hinten und ziehe den anderen vorsichtig nach – der Faden hält.

»JETZT, LUZIE!«, brüllt Lilly.

»Eine groß, die andre klein! Deine Kraft soll meine sein!«, rufe ich schnell.

Die Luft fängt an zu knistern. An Opas Nase entstehen rosa Funken. Sie werden zu kleinen Blitzen und wandern über den Kaugummifaden auf mich zu. Als sie meine Nase erreichen, scheint mein Kopf zu explodieren. Für einen Moment sehe ich nur noch rosa, meine Augen fühlen sich an, als würden sie gleich aus ihren Höhlen springen. Dann durchdringt ein wunderschöner Klang meinen gesamten Körper, eine Art rosa Summen, anders kann ich es nicht erklären. Aber ich muss auch nichts mehr erklären, alles ist sehr, sehr klar in mir, ich habe das Gefühl, alles zu wissen und alles zu können – so fühlt es sich also an, wenn man übermächtig ist.

»Es hat geklappt!«, rufe ich Lilly zu.

»Was … Was hat geklappt?«, fragt Opa verwundert. »Ich fühle mich auf einmal so … so … schwach.«

»Ha, ha!«, sage ich triumphierend. »Wir haben dich reingelegt! Der große CEO ist auf unseren Trick reingefallen!«

»Reingelegt? Was … Was meinst du? Wie denn reingelegt? Heißt das, ich habe das Spiel verloren?«

»Du hast nicht nur das Spiel verloren, Opa«, sagt Lilly grinsend. »Du hast sogar deine Macht verloren. Die hat Luzie jetzt.«

»So sieht's aus!«, sage ich. »Und damit schicke ich dich gleich zurück nach oben, wo du hingehörst! Wir wollen dich hier unten nicht, du bringst alles durcheinander! Außerdem bist du ein unerträglicher Angeber, das ist echt nicht auszuhalten!«

»Ja … aber … aber das ist doch … Ich wollte doch

nur … Ich bin doch nur wegen euch hier«, stammelt er. »Weil ich euch kennenlernen wollte. Ihr seid doch meine Enkel. Ich bin euer Opa. Ihr könnt doch … Ihr könnt doch zu eurem eigenen Opa nicht so gemein sein.«

Er schluchzt und eine Träne kullert aus seinem rechten Auge. Oh, Mist. Damit habe ich nicht gerechnet. Das wollte ich natürlich nicht. Jetzt tut er mir irgendwie leid, das war in unserem Plan nicht vorgesehen. Was mache ich denn jetzt?

»Lass ihn verschwinden, Luzie!«, ruft Lilly. »Schnell! Bevor er dich mit seiner Tränennummer weichklopft! Die sind nicht echt, das spielt er dir nur vor! Das spüre ich ganz genau!«

Was, echt? Okay, sie hat wahrscheinlich recht, das traue ich ihm zu. Schluss mit dem Theater.

»Alles klar!«, rufe ich und hebe meine Hand. »Verschwinde zurück nach oben, Opa! Und komm nie zurück hierher!«

Ich schnippe mit den Fingern. Nichts passiert, er steht immer noch vor mir.

»Oh, Mist!«, flucht Lilly und sieht mich entsetzt an.

Ich schnippe nochmal mit den Fingern.

»Hau ab!«, rufe ich. »Lass uns in Ruhe! Weg mit dir!«

»Vergiss es«, sagt Lilly seufzend. »Er hat uns durchschaut.«

»Wieso? Woher weißt du das? Vielleicht klemmen meine Finger nur!«

Ich schnippe wie verrückt weiter, aber nichts passiert. Opa fängt laut an zu lachen.

»Was gibt's denn da zu lachen?«, frage ich verwundert.

»Du müsstest dein Gesicht sehen!«, grölt er und bricht vor Lachen auf dem Boden zusammen.

»Wieso?«, erwidere ich. »Was ist denn mit meinem Gesicht? Ich mache doch gar nichts mit meinem Gesicht.«

»Du nicht«, sagt Lilly mit zerknirschter Miene. »Aber *er* hat etwas mit deinem Gesicht gemacht.«

»Wie? Was meinst du?«, frage ich und fasse mit beiden Händen mein Gesicht an.

Oh! Das fühlt sich anders an als sonst. Irgendwie pelzig.

»Was … Was ist das?«, frage ich beunruhigt. »Was hast du gemacht?«

»Warte! Warte, ich zeig's dir!«, japst Opa lachend.

Er schnippt mit den Fingern und Lilly hat plötzlich einen Eselskopf.

»Oh nein!«, rufe ich entsetzt.

Ich greife an meine Ohren. Na super. Wir sind offenbar beide Esel.

»Was denn? Ich auch?«, fragt Lilly und greift sich ebenfalls an die Ohren.

Opa steht immer noch lachend auf.

»Ihr habt doch nicht ernsthaft geglaubt, dass ich auf einen lächerlichen Dämonenspruch aus einem Anfängerbuch reinfalle«, sagt er. »Was glaubt ihr, wer die alle erfunden hat? Das Buch habe ich mal eben nebenbei zum Zeitvertreib geschrieben, weil mir langweilig war.«

Hrmpf. Das konnten wir natürlich nicht ahnen. Wieso steht das nicht vorne auf dem Buch drauf? Es sollte auf jedem Buch vorne draufstehen, wer es geschrieben hat, damit man nicht so einfach zum Esel gemacht werden kann.

»Habt ihr wirklich gedacht, ihr könntet mit einem Kaugummi meine Macht stehlen?«, fährt Opa lachend fort.

»Hätte ja sein können«, sage ich zerknirscht.

»Nein, hätte es nicht«, erwidert Opa. »Meine Macht ist unendlich groß, die lässt sich nicht auf andere übertragen, das würde niemand überleben. Nur ich kann mit dieser Macht umgehen, ich bin nämlich einzigartig. Und großartig bin ich auch.«

»Das sagtest du schon«, knurrt Lilly ihn an. »Mehrfach.«

»Offenbar nicht oft genug«, erwidert Opa. »Sonst hättet ihr diesen lächerlichen Anschlag gar nicht erst versucht. Ganz ehrlich: Ich hätte euch für intelligenter gehalten, immerhin seid ihr mit mir verwandt. Außerdem verstehe ich sowieso nicht, wieso ihr mich loswerden wollt. Ich will euch doch nichts Böses, ich will nur, dass ihr mich liebt. Und das werdet ihr, dagegen könnt ihr gar nichts tun.«

»Du kannst uns nicht dazu zwingen«, knurrt Lilly.

»Das muss ich auch nicht«, sagt Opa. »Das wird früher oder später einfach passieren. Hört also am besten auf, euch dagegen zu wehren, das bringt nichts, außer, dass ihr als Esel dasteht.«

Er klopft sich laut lachend auf die Schenkel.

»Ha, ha, sehr witzig«, brumme ich. »Kannst du uns dann bitte unsere normalen Köpfe wiedergeben?«

»Das kommt ganz darauf an«, sagt Opa. »Ich habe bis jetzt noch keine Entschuldigung von euch gehört.«

Auch das noch. Wofür müssen wir uns denn entschuldigen? Unser Plan hat doch nicht geklappt und er lacht sich schlapp. Aber okay, es hilft ja nichts, ich will nicht für den Rest meines Lebens als Esel rumlaufen.

»'tschuldigung«, murmele ich.

»Ja, von mir aus, 'tschuldigung«, sagt auch Lilly.

»Na, da habe ich aber schon bessere Entschuldigungen gehört«, sagt Opa. »Ihr habt Glück, dass ich grundsätzlich ein verzeihender Opa bin. Aber ein bisschen Strafe muss sein, ihr bleibt noch für eine Stunde Esel. Das sieht auch einfach zu lustig aus.«

»Für dich vielleicht«, knurrt Lilly. »Und wie sollen wir jetzt wieder zurück zu mir kommen? So können wir doch nicht draußen rumlaufen.«

»Das ist nicht mein Problem«, sagt Opa grinsend. »Aber ihr müsst ja nicht unbedingt gehen. Vielleicht bleibt ihr einfach noch hier und wir spielen ein bisschen Mau-Mau?«

»Nein, danke«, knurrt Lilly. »Mir ist gerade nicht nach Spielen. Komm, Luzie, wir gehen. Mir egal, ob mich jemand als Esel sieht. Hauptsache weg hier.«

»Warte«, sage ich und hole schnell zwei große Handtücher aus meinem Schrank. »Die könnten helfen.«

Ich reiche Lilly ein Handtuch und lege das andere über meinen Kopf. Jetzt sehe ich zwar kaum noch etwas, nur noch einen kleinen Spalt durch das Handtuch, aber meinen Eselskopf sieht wenigstens auch niemand. Lilly macht es mir nach und greift nach meiner Hand.

»Los, raus hier«, sagt sie und ich lasse mich von ihr in Richtung Tür ziehen.

Als wir an der Tür ankommen, knalle ich voll mit dem Ellenbogen an den Türrahmen.

»Aua!«, schreie ich.

»Müsste das nicht eher I-AH heißen?«, ruft Opa uns lachend hinterher. »Viel Spaß beim Blinde Esel spielen!«

»Selber Esel«, knurrt Lilly und knallt die Tür hinter uns zu.

Sie stapft wütend los den Flur hinunter, ich komme kaum hinterher.

»Mieser Opa, blöder«, flucht sie. »Da hätte er doch auch gleich sagen können, dass er weiß, was wir vorhaben. Dann hätten wir uns den ganzen Mist mit dem Kaugummi sparen können. Aber, nein, der Herr muss uns ja richtig auflaufen lassen, nur so zum Spaß, damit er uns in Esel verwandeln und sich kaputtlachen kann.«

»Ja, das war echt fies«, stimme ich ihr zu. »Aber ärgern bringt jetzt auch nichts. Wir müssen überlegen, wie … Au! Verdammt!«

Ich bin wieder gegen einen Türrahmen gelaufen, natürlich wieder mit dem Ellenbogen, der sowieso schon wehtut.

»Das hört gar nicht mehr auf wehzutun«, stöhne ich.

»Können Ellenbogen eigentlich kaputtgehen? Die sind doch eigentlich sehr hart.«

»Klar«, antwortet Lilly. »Alles in deinem Körper kann kaputtgehen. Vielleicht solltest du lieber in die Krankenstation gehen, damit sich das mal jemand anguckt. Könnte ja sein, dass er gebrochen ist.«

Oh nein, bitte nicht! Dann müsste ich wieder in dieses fürchterliche Krankenhaus. Da war ich schon mal, als mein Arm gebrochen war, da war es nicht schön. Aber die Krankenstation ist eine Super-Idee, da hätte ich auch früher dran denken können, da ist nämlich …

»Auribus!«, sage ich. »Den können wir fragen, ob er vielleicht eine Idee hat, wie wir Opa doch noch loswerden! Der ist nicht umsonst Spion-Dämon! Dem fällt bestimmt etwas ein!«

»Stimmt!«, sagt Lilly. »Dann auf zur Krankenstation!«

Schlechte Nachrichten

Fünf Minuten später stehen wir vor der Krankenstation. Lilly klopft an, es dauert einen Moment, bis die Tür sich öffnet. Ah, sehr gut, es ist Auribus in seiner Gestalt als Schwester Miriam, wir waren uns nicht sicher, ob er heute Dienst hat.

»Auweia!«, ruft er erschreckt, als er uns sieht. »Zwei Kopfverletzungen auf einmal! Was ist denn mit euch passiert? Seid ihr gegeneinandergerannt?«

»Wir sind's«, sage ich. »Luzie und Lilly. Lass uns bitte rein. Schnell.«

Auribus macht uns Platz, wir schlüpfen an ihm vorbei, er schließt die Tür hinter uns ab.

»Was ist denn los?«, fragt er besorgt. »Wieso habt ihr denn Verbände am Kopf?«

»Das sind keine Verbände«, sage ich und entferne das Handtuch vor meinem Gesicht.

»Das sind Notfallmaßnahmen«, sagt Lilly und nimmt ihr Handtuch ebenfalls vom Kopf.

Auribus schaut uns an. Ich kann deutlich sehen, wie

er versucht, sich zusammenzureißen und ernst zu bleiben. Es gelingt ihm nicht lang – zwei Sekunden später kugelt er sich vor Lachen auf dem Boden.

»Das ist nicht lustig«, brummt Lilly.

»Nicht?«, erwidert Auribus. »Ihr wisst aber schon, dass ihr ausseht wie Esel? Wartet, ich zeig's euch!«

Er steht auf, zückt sein Handy, macht ein Foto und hält es uns entgegen.

»Immer noch nicht lustig«, knurrt Lilly.

»Kein bisschen«, stimme ich ihr zu.

»Wie ist das überhaupt passiert?«, will Auribus wissen. »Habt ihr wieder mit dem Buch gespielt und aus Versehen irgendeinen Spruch ausgelöst?«

»Nein«, brummt Lilly. »Das war unser Opa.«

»Der CEO? Echt?«, fragt Auribus. »Das ist ja ein Ding. Hätte gar nicht gedacht, dass er so viel Humor hat.«

»Hat er auch nicht«, brummt Lilly.

»Wieso hat er das denn gemacht?«, fragt Auribus.

»Das erzählen wir dir gleich«, antworte ich. »Aber könntest du dir vielleicht erstmal meinen Ellenbogen angucken? Mit dem ist irgendwas nicht in Ordnung, fürchte ich.«

»Oh, klar, natürlich«, sagt Auribus. »Setz dich da auf die Pritsche, ich guck mir das sofort an. Links oder rechts?«

»Rechts«, sage ich und setze mich.

Auribus nimmt meinen Arm und dreht einmal kräftig daran.

»Au! Das tut weh!«, schreie ich und ziehe meinen Arm weg.

»Jetzt halt doch mal still, du Esel«, sagt Auribus kichernd. »Sonst kann ich das nicht richtig untersuchen.«

»Haha, sehr witzig«, knurre ich.

»Kannst du das eigentlich überhaupt richtig?«, fragt Lilly skeptisch. »Nicht böse gemeint, das habe ich mich nur schon länger gefragt. Du bist ja in Wirklichkeit gar keine Krankenschwester, du bist ein Dämon in Gestalt einer Krankenschwester. Oder hast du automatisch die Fähigkeiten der Person, in die du dich verwandelst?«

»Schön wär's«, seufzt Auribus. »So einfach ist es nicht. Wir Spion-Dämonen müssen uns die notwendigen Eigenschaften für unsere Aufträge hart erarbeiten. Was leider nicht immer gelingt. Ich hatte zum Beispiel eine Mission, bei der ich mich in einen Sternekoch verwandeln musste, um einen abtrünnigen Dämon, der in einem Restaurant arbeitete, besser beobachten zu können. Da ich als Dämon naturgemäß leider überhaupt nicht kochen kann, habe ich Labskaus gebeten, mir ein paar Sachen beizubringen.«

»Labskaus?«, fragt Lilly.

»Das ist der Chefkoch-Dämon bei uns unten in der Kantine«, erkläre ich.

»Genau«, stimmt Auribus mir zu. »Drei Wochen lang war ich jeden Tag bei ihm in der Küche und habe mir alles beibringen lassen, was er übers Kochen wusste. Was leider nicht viel war. Als ich dann hier oben zum ersten Mal ge-

kocht habe, wurden sämtliche Gäste des Restaurants mit Krankenwagen abtransportiert, weil mein Kakerlaken-Parfait an Wandschimmel-Reduktion eine Massenkotzerei ausgelöst hatte.«

»Oh, das klingt allerdings unangenehm«, sagt Lilly. »Und alles andere als lecker.«

Auribus dreht und knetet weiter an meinem Arm herum.

»Ja«, sagt er. »Aber das war ja noch lange nicht das Schlimmste. Da wir beide die Einzigen waren, die nach meinem Essen nicht kotzen mussten, hat mein Zielobjekt natürlich sofort erkannt, dass ich auch ein Dämon bin und mich mit einer Bratpfanne ausgeschaltet. Ich kam also nicht nur erfolglos, sondern auch noch mit kolossalen Kopfschmerzen zurück in die Hölle. Euer Vater war stinksauer und hat mir gleich auch noch eins mit einer Bratpfanne übergezogen. Danach war ich erstmal drei Wochen lang dienstuntauglich.«

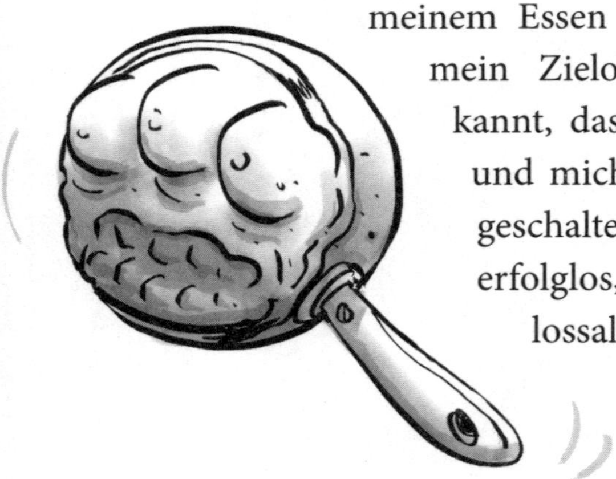

»Moment mal«, sage ich. »Verstehe ich das richtig? Das heißt also, du hast eigentlich überhaupt keine Ahnung davon, was du da gerade maAAAAAAH! Das tut weh! Hör sofort auf damit, du schamloser Stümper!«

Von denen gibt es bei uns unten schon genug. Das sind diejenigen, die hier oben so tun, als hätten sie ganz besondere Fähigkeiten, durch ihre Ahnungslosigkeit aber nur Schaden anrichten. Die sitzen später in Abteilung 33 und müssen schusssichere Westen aus Watte stricken, mit denen sie danach mit dem Bauch nach oben durch ein Hagelfeld aus spitzen Vulkankristallen krabbeln müssen.

»Nein, nein, keine Sorge«, sagt Auribus. »Ich weiß genau, was ich tue. Diesmal habe ich mich hervorragend vorbereitet. Ich habe alle 336 Folgen einer Krankenhausserie geguckt. Jetzt weiß ich alles, was Frau Doktor Grau weiß. Und genau darum weiß ich auch, wie man Patienten schlechte Nachrichten überbringt.«

Er geht an einen weißen Schrank, wühlt ein bisschen darin herum und zieht eine große Säge und eine Axt hervor.

»Es tut mir sehr leid, Luzie«, sagt er mit bedauernder Miene. »Dein Arm ist leider nicht zu retten, ich muss ihn amputieren. Aber du musst nicht traurig sein, du kannst immer noch Klavier spielen, wir transplantieren nämlich eins deiner Beine dran. Der Narkosearzt ist leider gerade unglücklich verliebt und kann deshalb nicht kommen, aber ich bin als Chirurgin so gut, das geht auch ohne. Du musst keine Angst haben, und wenn du besonders tapfer bist, kriegst du hinterher ein Gummibärchen als Belohnung, die sind gesund. Axt oder Säge?«

»WAS?«, rufe ich und springe entsetzt von der Pritsche auf. »DU SPINNST WOHL! MEIN ARM BLEIBT DRAN!«

»Ha! Seht ihr, wie gut ich im Überbringen schlechter Nachrichten bin?«, sagt Auribus. »Das funktioniert sogar, wenn es gar keine schlechten Nachrichten gibt. Keine Sorge, Luzie, dein Arm muss nicht amputiert werden, das war nur zur Übung für mich. Du hast nur eine leichte Verprellung.«

»Das heißt Prellung, Frau Doktor«, sagt Lilly.

»Ach ja, stimmt, Prellung«, sagt Auribus. »Egal, jedenfalls ist das nicht schlimm. Da kommt jetzt ein bisschen Salbe drauf, dann wird das ganz schnell besser.«

Er geht wieder an den Schrank, holt eine Tube heraus und schmiert meinen Ellenbogen mit einer weißen Paste ein.

»Und das soll jetzt helfen?«, frage ich skeptisch.

»Garantiert«, sagt Auribus. »Wie ist das eigentlich passiert?«

»Daran ist auch Opa schuld«, brumme ich. »Er hat mich zum Eislaufen genötigt und ich bin mit dem Ellenbogen aufs Eis gekracht.«

»Ach, dann wart ihr also oben bei ihm?«, fragt Auribus. »Davon wusste ich gar nichts.«

»Nein«, antwortet Lilly. »Er ist hier unten.«

Auribus lässt die Tube fallen und erstarrt.

»Was … Was soll das heißen, hier unten?«, fragt er. »Wo hier unten?«

»Na, hier in St. Fidibus«, antworte ich. »Als Schüler. Er nennt sich Deusl und wohnt in meinem Zimmer. Er hat alle verhext, sie sind ihm völlig verfallen und finden alles toll, was er macht. Das nervt total.«

»Und wie«, knurrt Lilly. »Außerdem war er verantwortlich für unseren Körpertausch. Und er wusste die ganze Zeit, dass wir Geschwister sind und hat nichts gesagt.«

»Wir wollen, dass er wieder verschwindet«, sage ich. »Wir haben es gerade mit einem Dämonenspruch versucht, aber er hat uns leider durchschaut. Und genau darum sind wir jetzt Esel.«

»Ihr … Ihr habt einen Dämonenspruch auf den CEO angewandt?«, fragt Auribus fassungslos. »Das … Das hat noch nie jemand gewagt.«

»Kein Wunder, hat ja auch nicht geklappt«, brumme ich. »Aber vielleicht hast du ja eine bessere Idee, wie wir ihn loswerden können?«

»Wer, *ich*?«, erwidert Auribus und sieht sich unruhig im Raum um. »Auf gar keinen Fall! Keine Chance! Ich bin nur ein kleiner, gehorsamer Spion-Dämon! Ich werde mich nicht an Handlungen beteiligen, die dem großartigen CEO Schaden zufügen! Niemals! Dafür ist er viel zu großartig! Hoch lebe der CEO!«

»Oh, nein«, seufze ich. »Wir sind zu spät. Auribus steht auch schon unter seinem Einfluss.«

»Stehe ich nicht«, flüstert Auribus kaum hörbar. »Ich versuche nur gerade, meine eigene Haut zu retten. Er hört nämlich alles. Und er kann Spion-Dämonen nicht leiden. Einer meiner Kollegen hat mal gesagt, der CEO sei vielleicht auch nicht unfehlbar, und im nächsten Augenblick ist er einfach explodiert. Ich war dabei, ich hab das gesehen! Und ich will nicht explodieren!«

»Verständlich«, flüstert Lilly. »Aber, wenn er wirklich *alles* hört, dann hört er auch dein Flüstern, oder?«

»Oh, nein! Glaubst du wirklich?«, sagt Auribus und schaut nervös nach oben. »Dann sage ich am besten gar nichts mehr! Und verschwinde, bis er wieder weg ist! Genau! Ich habe noch ein paar Tage Urlaub, die nehme ich jetzt!«

Er sucht ein paar Sachen zusammen und stopft sie hektisch in seinen Kittel.

»Du willst einfach so abhauen?«, sage ich. »Aber was wird denn dann aus uns? Wie sollen wir denn ohne Hilfe mit dem CEO fertig werden?«

»Tut mir leid, dabei kann ich euch nicht helfen«, erwidert Auribus. »Gegen den CEO kommt niemand an. Mein einziger Tipp für euch wäre, ihn einfach machen zu lassen und darauf zu warten, bis er von selbst wieder verschwindet. Alles andere könnte gefährlich werden. Ihr seid als Esel bis jetzt ganz gut davongekommen, beim nächsten Versuch ist er vielleicht nicht mehr so nett.«

»Ach so, das war also *nett*«, brummt Lilly.

»Für seine Verhältnisse, ja«, sagt Auribus und geht zur Tür. »Wie gesagt, tut mir leid, aber ich bin dann jetzt erstmal weg. Ihr könnt aber gern noch hierbleiben. Falls ein Verletzter reinkommt, gebt ihm einfach die Salbe, die hilft gegen alles.«

Und schon ist er aus der Tür.

»Na, super«, seufze ich. »Und was machen wir jetzt?«

»Keine Ahnung«, sagt Lilly. »Lass uns erstmal wieder zu mir gehen, vielleicht fällt uns ja später noch was ein.«

Wir legen uns wieder die Handtücher über die Köpfe und verlassen die Krankenstation.

Auf dem Weg nach draußen begegnet uns zum Glück niemand, der blöde Fragen wegen der Handtücher stellen könnte. Als wir auf dem Schulhof ankommen, sehe ich allerdings Aaron und Gustav. Sie stehen in einer Ecke und unterhalten sich lachend. Offenbar haben sie Spaß. Ohne mich. Meine Freunde. Das tut weh. Ich weiß, sie können ja nichts dafür, das ist alles Opas Schuld. Aber weh tut es trotzdem. Ich will auch da stehen und mit ihnen zusammen lachen. Sie fehlen mir so sehr. Ich vermisse es, sie um mich zu haben. Sie vermissen mich allerdings wohl leider kein bisschen. Ich würde so gern einfach nur ein bisschen Zeit mit ihnen verbringen, das würde mir ja schon reichen. Ob ich sie einfach fragen sollte? So einfach ist das gar nicht. Was, wenn sie mich einfach stehen lassen, weil ich eben nicht ihr toller Deusl bin? Das würde noch mehr wehtun. Nein, ich bräuchte schon einen Grund, um sie anzusprechen. Etwas, wozu sie nicht so einfach Nein sagen können. Etwas … Oh, ich glaube, ich weiß, was ich sie fragen kann! Ja, das könnte klappen!

»Geh schon mal vor«, sage ich leise zu Lilly. »Ich komme irgendwann nach.«

Lilly schaut kurz zu Aaron und Gustav hinüber.

»Verstehe«, sagt sie. »Soll ich mitkommen?«

»Nein, das versuche ich lieber erstmal alleine«, sage ich.

»Okay«, sagt Lilly und nickt mir verständnisvoll zu. »Ich drück dir die Daumen.«

Sie läuft auf die Hausmeisterwohnung zu. Ich hole tief Luft und gehe zu Aaron und Gustav hinüber.

»Hallo«, sage ich, als ich bei ihnen angekommen bin.

Sie starren mich seltsam und mit fragenden Gesichtern an. Ach so, stimmt ja, das Handtuch.

»Ich bin's, Luzie«, sage ich und ziehe das Handtuch vom Kopf. »Luzie Langohr für meine Freunde.«

Sie fangen beide an zu lachen. Oh, tut das gut. Sie lachen über einen Witz von mir und nicht, weil ich auf die Schnauze geflogen bin oder so.

»Was ist denn mit dir passiert?«, fragt Gustav lachend.

»Ach, frag lieber nicht«, sage ich gespielt lachend. »Das ist eine lange Geschichte.«

»Das war der Deusl, oder?«, fragt Aaron. »Der macht immer so lustige Sachen, der Deusl. Deusl.«

»Ja, haha«, sage ich. »Der Deusl ist ein richtiger Scherzkeks. Aber, was anderes: Sagt mal, wollen wir nicht mal wieder zusammen lernen? Ich könnte noch jede Menge Nachhilfe gebrauchen, wie ihr ja wisst. Und ohne euch kapier ich das doch alles nicht.«

Aaron und Gustav werfen sich einen kurzen Blick zu.

»Klar, können wir gern machen«, sagt Gustav. »Gleich heute? Ich habe nichts mehr vor.«

»Ich auch nicht«, sagt Aaron. »Ich muss nur noch kurz selbst ein paar Hausaufgaben machen, aber das dauert nicht lang. Wir könnten uns in einer halben Stunde bei dir oben treffen. Treffen.«

Oh, wie schön! Sie haben Ja gesagt! Das freut mich jetzt aber wirklich sehr! Da gibt es nur noch ein klitzekleines Problem: Ich habe eigentlich keine Lust, Opa schon wieder zu sehen.

»Super!«, sage ich. »Ihr seid die Besten! Aber könnten wir das vielleicht bei einem von euch machen? Bei mir im Zimmer ist es gerade schlecht. Da riecht es nicht so gut. Cornibus hat in der Küche einen ganzen Sack Zwiebeln gemopst und alle auf einmal verschlungen. Und, glaubt mir, ihr wollt nicht wissen, wie ein Hausdämonenfurz stinkt, das hält man echt nicht aus.«

Das ist natürlich gelogen. Soweit ich weiß, kann Cornibus gar nicht furzen, zumindest habe ich es noch nie mitgekriegt. Aber das sollte als Ausrede doch abschreckend genug sein, denke ich.

Aaron und Gustav werfen sich wieder einen kurzen Blick zu.

»Also, bei mir geht es leider gar nicht«, sagt Gustav. »Mein Mitbewohner hat heute Mittag bei seinen Chemiehausaufgaben das halbe Zimmer abgefackelt, da ist alles voller Löschschaum.«

»Bei mir geht's auch nicht«, sagt Aaron. »Mein Schreibtisch ist vorhin zusammengekracht, ich habe keinen ordentlichen Platz zum Lernen. Lernen.«

»Aber uns macht ein bisschen Gestank überhaupt nichts aus«, sagt Gustav. »Das bin ich von meinem Vater gewöhnt, der pupst ständig.«

»Ja, mich stört das auch nicht«, fügt Aaron hinzu. »Mein Geruchssinn ist sowieso nicht besonders gut. Die haben mir im Krankenhaus mal einen Schlauch zu tief in die Nase gesteckt. Wir können uns also ruhig bei dir treffen. Treffen.«

Mist, das war wohl nichts. Aber von mir aus, dann nehme ich Opa eben in Kauf. Hauptsache, ich kann endlich wieder ein bisschen Zeit mit meinen besten Freunden verbringen.

»Alles klar!«, sage ich. »Dann sehen wir uns in einer halben Stunde! Bis dahin bin ich auch kein Esel mehr! Ich freu mich schon auf euch!«

Leise schimpfen

Fünf Minuten später stehe ich vor der Tür zu meinem Zimmer. Ich atme tief durch. Ganz ruhig bleiben. Nett sein. Ich will keinen Ärger mit ihm. Hoffentlich ist er nicht nachtragend wegen der Kaugummi-Geschichte.

Ich öffne die Tür und betrete das Zimmer. Opa liegt in seiner Opa-Gestalt auf dem Bett und strickt.

»Ah, der Esel kehrt zurück«, sagt er grinsend, als er mich sieht. »Hast du deinen Kaugummi vergessen?«

Okay, er macht es mir nicht gerade leicht, nett zu sein.

»Nein, der hat sowieso nicht mehr geschmeckt«, sage ich ebenfalls grinsend. »Du bist hoffentlich nicht sauer deswegen?«

»Nein, keine Sorge. Ich sagte es doch schon, ich bin ein verzeihender Opa.«

»Das ist lieb, danke«, sage ich. »Ich möchte mich auch nochmal dafür entschuldigen. Also, aufrichtig entschuldigen. Es tut mir echt leid, dass wir versucht haben, dich reinzulegen, kommt nicht wieder vor.«

»Schön zu wissen«, sagt er. »Ich wusste es: Du liebst mich. Es war nur eine Frage der Zeit, dass du das erkennst. Komm, setz dich zu mir. Wollen wir eine Runde Mau-Mau spielen?«

»Äh ... später gern«, sage ich. »Aber gleich kommen Aaron und Gustav, um mit mir zu lernen.«

»Lernen?«, sagt er und verzieht angewidert das Gesicht. »Das klingt unangenehm. Zum Glück musste ich das nie machen, ich weiß auch ohne Lernen alles.«

»Das ist natürlich super, dieses Glück habe ich leider nicht. Wenn du magst, kannst du ja in der Zwischenzeit spazieren gehen oder so, dann musst du dir das nicht mit angucken, Lernen ist echt saulangweilig.«

»Ach, das macht mir nichts aus. Ich bleibe gerne hier. Vielleicht kann ich dir ja sogar helfen. Ich habe da eine sehr einfache Methode, damit lernst du ganz viel in nur einer Sekunde.«

Er streckt mir grinsend seine Schnippfinger entgegen.

Das war ja klar. Seine blöden Finger sind für ihn wohl die Lösung für alles.

»Äh ... Das ist lieb von dir«, sage ich. »Aber da muss ich ohne deine Finger durch. Das würde sich für mich wie schummeln anfühlen, und ich schummle nicht gern.«

»Wenn *ich* das mache, ist es kein Schummeln«, sagt Opa. »Aber gut, wie du möchtest, dann lern eben selbst. Ich bleib solang hier sitzen und gucke euch zu.«

Mist, genau das wollte ich eigentlich vermeiden. Vielleicht kriege ich ihn ja wenigstens dazu, die Klappe zu halten, wenn Aaron und Gustav da sind. Das ist gleich *meine* Zeit mit *meinen* Freunden – ich will nicht, dass er uns dazwischenfunkt.

»Ich muss mich aber beim Lernen immer sehr stark konzentrieren«, sage ich. »Es wäre also super, wenn du ganz leise sein könntest, sonst lenkst du mich ab. Am besten, du sagst gar nichts. Geht das?«

»Natürlich, verstehe ich doch, gar kein Problem«, sagt Opa. »Du wirst keinen Mucks von mir hören. Ich werde still sein wie eine Schäfchenwolke im Tiefschlaf.«

»Das wäre sehr lieb, danke«, sage ich. »Und du müsstest dich dann auch noch in den Deusl verwandeln, Aaron und Gustav kommen sicher gleich.«

»Kein Problem«, sagt Opa. »Nichts leichter als das.«

Er schnippt mit den Fingern und schon sitzt Deusl auf meinem Bett.

Okay, das lief ja ganz gut. Wenn er sich nicht in jedem zweiten Satz selbst lobt, ist er sogar einigermaßen erträglich.

Ich gehe an meinen Schreibtisch und mache ein bisschen Ordnung. Oh, Mist, stimmt ja, ich habe nur einen Stuhl. Beim letzten Mal Lernen haben sich Aaron und Gustav auf Cornibus als Bär gesetzt, aber Cornibus ist ja gerade nicht hier. Was mache ich denn jetzt?

»Du, Opa?«, frage ich zaghaft. »Mir fällt gerade auf, dass ich zwei Stühle zu wenig habe. Könntest du vielleicht …«

Opa schnippt mit den Fingern, im nächsten Augenblick stehen zwei Stühle und ein großer, sehr gemütlich aussehender Sessel vor meinem Schreibtisch.

»Sehr gern geschehen«, sagt Opa und zwinkert mir zu.

Das war jetzt wirklich nett von ihm. Endlich mal ein Fingerschnippen, über das ich mich nicht ärgern muss. In manchen Situationen ist das schon sehr praktisch, das muss ich ja zugeben.

»Vielen Dank!«, sage ich und fläze mich in den Sessel.

Oh, der dreht sich ja sogar, genau wie der von Papa. Ich nehme richtig Schwung und lasse den Sessel kreisen, so schnell es geht. Als der Sessel fast wieder stillsteht, klopft es an der Tür.

»Kommt rein!«, rufe ich.

Aaron und Gustav betreten das Zimmer. Ihre ersten Blicke gehen zu Opa auf dem Bett.

»Hallo Deusl!«, sagt Gustav.

»Schön, dich zu sehen! Sehen!«, fügt Aaron hinzu.

Opa hebt nur kurz den Kopf und nickt ihnen zu.

»Schön, dass ihr da seid«, sage ich. »Wollen wir gleich anfangen? Kommt, setzt euch.«

Die beiden setzen sich links und rechts von mir auf die Stühle.

»Womit sollen wir anfangen?«, frage ich. »Geschichte? Bio? Oder nochmal Mathe? Da habe ich immer noch nicht alles kapiert mit diesen blöden Winkeln.«

»Mir egal«, sagt Gustav.

»Mir auch«, stimmt Aaron mit ein. »Was sagst du, Deusl? Du weißt doch bestimmt, womit wir anfangen sollen. Du weißt doch alles. Alles.«

Opa schüttelt stumm den Kopf.

»Dem Deusl ist es auch egal«, stellt Gustav fest.

»Dann machen wir Mathe«, entscheide ich und schnappe mir das Mathebuch.

Ich schlage es auf und suche die Seite mit der Aufgabe, die ich nicht verstanden habe.

»Hier, das hier kapiere ich nicht«, sage ich.

Ich schiebe das Buch nach rechts zu Aaron, damit er die Aufgabe lesen kann, aber er reagiert nicht. Kein Wunder. Er guckt gar nicht nach vorne, sein Kopf ist nach hinten zu Opa gedreht. Gustavs Kopf auch.

»Hey, hallo!«, sage ich und stupse die beiden mit dem Ellenbogen an. »Ich dachte, ihr seid hier, um mir zu helfen.«

»Ja, ja«, sagt Gustav, ohne seine Kopfhaltung zu verändern. »Sind wir auch. Lies die Aufgabe am besten mal vor.«

»Okay, also, Folgendes«, sage ich und lese den Text im Buch laut vor. »Marianne steht auf der Straße. Die Abendsonne steht tief und so wirft Marianne bei einer Größe von einem Meter fünfundfünfzig einen zwölf Meter langen Schatten. Zeichne eine Skizze und berechne den Winkel, mit dem der Sonnenstrahl auf den Boden trifft.«

Ich warte auf eine Reaktion der beiden, aber es kommt keine. Die beiden starren nach wie vor meinen Opa an.

»Hallo?«, sage ich. »Habt ihr mir überhaupt zugehört?«

»Ja, klar«, sagt Gustav.

»Marianne. Sonne. Winkel. Winkel«, säuselt Aaron abwesend.

»Ja, und was muss ich da jetzt genau machen?«, will ich wissen. »Ich meine, da steht, ich soll eine Skizze zeichnen. Wie denn? Ich weiß doch gar nicht, wie Marianne aussieht. Und warum steht die denn abends mitten auf der Straße rum? Ist das nicht gefährlich? Hat die keine Eltern, die auf sie aufpassen? Oder soll ich welche dazuzeichnen?«

»Blond«, sagt Gustav verträumt. »Marianne hat bestimmt goldblonde Haare. Wie der Deusl.«

»Ich würde eher sagen, sie sind zart sandfarben. Sandfarben«, säuselt Aaron.

»Ah, ihr kennt diese Marianne also?«, frage ich. »Wohnt sie hier in der Nähe?«

»Nein, wir kennen Marianne nicht«, sagt Gustav entrückt.

»Aber wir kennen den Deusl«, fügt Aaron hinzu. »Da drüben sitzt er. Und er ist großartig. Großartig.«

Was? Versteh ich nicht. Was hat denn mein Opa mit dieser Matheaufgabe zu tun? Kann es sein, dass die beiden überhaupt nicht bei der Sache sind?

»Moment mal«, sage ich. »Es geht aber doch gerade überhaupt nicht um den Deusl. Es geht um Mathe. Schon vergessen? Ihr wolltet mir helfen!«

»Es geht immer um den Deusl. Deusl«, sagt Aaron.

»So ist es«, fügt Gustav hinzu. »Nur der Deusl zählt.«

Aha. Ich glaube, ich verstehe so langsam. Nicht Mathe, dafür etwas anderes, etwas sehr Erschreckendes. Die beiden sind überhaupt nicht wegen mir hier. Sie sind einzig und allein gekommen, weil Opa hier wohnt. Das macht mich gerade sehr, sehr traurig. Und wütend.

»ICH GLAUB, ICH SPINNE!«, raste ich aus. »IHR HABT MICH ANGELOGEN! IHR HABT GESAGT, IHR WOLLT MIT MIR LERNEN, DABEI GING

ES EUCH NUR UM DEN DEUSL! DAS IST EINE GANZ MIESE NUMMER! ICH DACHTE, IHR SEID MEINE FREUNDE!«

»Kannst du bitte etwas leiser schimpfen?«, fragt Gustav.

»Wir können den Deusl nicht gebührend bewundern. Bewundern«, säuselt Aaron.

»JA, ABER DER MACHT DOCH GAR NICHTS, DER DEUSL!«, brülle ich sie an. »DER SITZT EINFACH NUR DA!«

»Ja«, sagt Aaron. »Und macht er das nicht ganz wunderbar? Wunderbar?«

»Niemand kann so cool einfach nur dasitzen«, fügt Gustav hinzu. »Der Deusl ist einfach großartig. Auch, wenn er nichts macht.«

»IHR HABT SIE DOCH NICHT MEHR ALLE!«, schimpfe ich weiter. »MERKT IHR DENN NICHT SELBST, DASS MIT EUCH IRGENDWAS NICHT STIMMT? DAS IST DOCH NICHT NORMAL! IHR KÖNNT ÜBERHAUPT NICHT MEHR KLAR DENKEN! IN EUREM KOPF IST NUR NOCH DEUSL, DEUSL, DEUSL!«

»Deusl, Deusl, Deusl«, wiederholt Gustav.

»Das klingt schön, wenn man es dreimal hintereinander sagt«, seufzt Aaron. »Deusl, Deusl, Deusl. Deusl.«

»ABER, DAS IST … IHR SEID DOCH … ICH … IHR.«

Ich sinke geschlagen in meinen Sessel. Mir fällt nichts mehr ein, was ich noch schimpfen könnte. Es bringt ja doch nichts, keins meiner Worte durchdringt die Deusl-Barriere in ihren Köpfen. Ich gebe auf, das sind nicht mehr meine Freunde, nicht in diesem Zustand.

»Verschwindet«, sage ich resignierend. »Ich kann euch nicht mehr ertragen.«

»Das ist uns egal, wir haben ja den Deusl«, sagt Gustav.

»Genau«, sagt Aaron. »Und wir würden es bevorzugen, noch ein bisschen hierzubleiben und seine Anwesenheit genießen zu dürfen. Dürfen.«

»Ach ja?«, erwidere ich. »Und ich würde es bevorzugen, WENN IHR ABHAUT! UND ZWAR SOFORT! DAS IST IMMER NOCH *MEIN* ZIMMER! LOS, RAUS HIER!«

»Das hast du nicht zu entscheiden«, sagt Gustav.

»Wir gehorchen nur dem großartigen Deusl«, sagt Aaron und wendet sich an Opa. »Sollen wir jetzt gehen, Deusl? Deusl?«

Opa nickt und zeigt auf die Tür. Die beiden stehen auf.

»Danke, lieber Deusl, dass wir hier sein durften«, sagt Gustav.

»Es war uns eine große Ehre. Ehre«, fügt Aaron hinzu.

»RAUS JETZT!«, brülle ich, weil ich diese Rumschleimerei keine Sekunde länger ertrage.

Die beiden verlassen das Zimmer, ich knalle die Tür hinter ihnen zu.

Ich könnte platzen vor Wut. Nicht nur auf die beiden, sie können ja letztendlich nichts dafür, dass sie sich so bescheuert verhalten. Daran ist nach wie vor nur einer schuld, und der sitzt auf meinem Bett und tut so, als sei überhaupt nichts passiert.

»SIEHST DU, WAS DU ANGERICHTET HAST?«, pflaume ich ihn an. »DAS WAREN MAL MEINE FREUNDE! *MEINE* FREUNDE! NICHT DEINE … DEINE FANS ODER WIE AUCH IMMER MAN DAS NENNEN SOLL!«

»Wieso schreist du denn jetzt *mich* an?«, fragt Opa. »*Ich* habe doch gar nichts gemacht. Keinen einzigen Ton habe ich gesagt, wie du es dir gewünscht hast.«

Das stimmt. Er hat ausnahmsweise einmal das gemacht, was ich von ihm wollte. Aber das ändert ja nichts.

»Du musst ja auch offenbar gar nichts machen«, seufze ich. »Du musst einfach nur blöd rumsitzen, das genügt schon.«

»Na, dafür kann ich aber nichts«, erwidert Opa. »Ich bin eben einzigartig großartig, das ist einfach so, daran kann ich nichts ändern.«

»Ach, komm, jetzt tu doch nicht so!«, motze ich ihn an. »Natürlich kannst du etwas dafür! Aaron und Gustav sind ja erst so komisch, seit du hier bist und alle verhext hast!«

»Das ist keine Hexerei«, erwidert Opa. »Das ist meine natürliche Ausstrahlung.«

»Mir egal, wie du das nennst! Jedenfalls wären Aaron und Gustav noch meine Freunde, wenn du nicht aufgetaucht wärst! Und ich kann nur hoffen, dass sie wieder normal werden, wenn du endlich wieder weg bist! Was aus meiner Sicht nicht schnell genug gehen kann!«

»Na, das hängt ja nicht von mir ab. Ich habe doch schon gesagt, ich bleibe solange hier, bis du mich liebst.«

»Wenn's nur daran liegt, kein Problem« sage ich. »Ich liebe dich. Tschüs.«

»Haha, netter Versuch!«, erwidert Opa lachend. »Es muss schon aufrichtig sein. Und dann wäre da ja noch deine Schwester.«

»Vergiss es«, sage ich. »Lilly kann dich ja noch weniger leiden als ich, das wird nichts.«

»Oh, doch, das wird was, das weiß ich ganz genau. Ihr müsst nur endlich aufhören, euch dagegen zu wehren. Je länger es dauert, desto länger bleibe ich hier.«

»Du kannst nicht ewig hierbleiben«, sage ich. »Da oben vermisst man dich sicher schon, die brauchen dich. Irgendwann *musst* du wieder hoch.«

»Was ich muss oder nicht muss, entscheide ich allein«, erwidert Opa. »Verlass dich also nicht drauf. Die kommen schon ohne mich zurecht.«

»St. Fidibus und ich kämen auch sehr gut ohne dich zurecht«, knurre ich. »Du musst nur abhauen, dann beweise ich es dir.«

»Ach, Luzie, sieh es doch endlich ein: Du wirst mich nicht los, keine Chance.«

»Das werden wir ja sehen«, knurre ich und bewege mich in Richtung Tür. »Irgendwas fällt mir schon noch ein. Aber hier kann ich nicht in Ruhe nachdenken, in diesem Zimmer ist es mir irgendwie zu voll. Könnte an dir und deinem Riesen-Ego liegen. Ich lass euch zwei dann mal alleine. Tschüs.«

Ich stapfe nach draußen und knalle die Tür hinter mir zu. Verdammt nochmal. Auribus hatte wohl leider recht. Uns bleibt offenbar wirklich nichts anderes übrig, als abzuwarten, bis er von selbst wieder abhaut. Es sei denn, Lilly hat noch irgendeine gute Idee, die dann auch funktioniert. Mir fällt jedenfalls absolut nichts ein.

Schnauze voll

KLOPF-KLOPF

»Wer ist denn das jetzt schon wieder? Hat man hier denn nie seine Ruhe? STEVEN? BIST DU DAS? ICH HAB DOCH GESAGT, ICH WILL NICHT GESTÖRT WERDEN! Wieso hört hier eigentlich niemand auf mich?«

KLOPF-KLOPF

»HEREIN!«

»Hallo, Luzifer.«

»Wer bist du denn? STEVEN! HIER IST MAL WIEDER EINER AUS DER HIPSTER-ABTEILUNG ABGEHAUEN! KANNST DU DICH BITTE DARUM KÜMMERN!«

»Das ist nicht unbedingt die Begrüßung, die ich nach so langer Zeit erwartet habe, Bruderherz.«

»Bruderherz? … Michel? Bist du das etwa? Wie siehst *du* denn aus? Hat Papa dich in die Karnevalsabteilung versetzt? Ich hätte dich nie im Leben erkannt.«

»Das macht der Bart. Ich dachte, nach zweitausend Jahren könnte eine Typveränderung vielleicht nicht schaden. Dieser Look ist gerade total angesagt oben.«

»Du siehst aus wie ein Holzfäller, der eine Axt nicht von einer Nagelfeile unterscheiden kann.«

»Ach, du hast doch keine Ahnung von Mode, Luzifer. Aber das war ja schon immer so. Bei dir ändert sich nie was. Dein Look war schon damals Retro, um nicht zu sagen veraltet.«

»Und du warst schon immer ein eitler Gockel, Michel.«

»*Michael.* Du weißt ganz genau, dass ich es hasse, wenn du mich Michel nennst.«

»Ja, ich erinnere mich. Genau deshalb nenne ich dich ja so, *Michel.* Was ist los? Hast du dich verlaufen? Du warst noch nie hier unten.«

»Freiwillig würde ich auch nie einen Fuß in dieses Drecksloch setzen. Das ist ein Notfall. Papa ist verschwunden.«

»Aha. Das erklärt, wieso ich ihn die ganze Zeit nicht erreichen kann. Und was habe ich damit zu tun? Nicht mein Problem, wenn ihr da oben den Chef verschlampt.«

»Hast du vielleicht irgendwas von ihm gehört? Hat er sich bei dir gemeldet?«

»Haha, du bist gut! Ich bin ja wohl der Letzte, bei dem er sich melden würde. *Du* warst immer sein Lieblingssohn, mit mir redet er nur übers Geschäft.«

»Wann hast du denn das letzte Mal mit ihm gesprochen?«

»Keine Ahnung, vor ein paar Tagen, da hatte er wieder irgendwas zu meckern.«

»Und kam er dir irgendwie komisch vor? Hat er vielleicht irgendwelche Andeutungen gemacht, dass es ihm nicht gut geht, oder sowas Ähnliches?«

»Nö, er war genauso arrogant und unausstehlich wie immer. Habt ihr schon in den Elysien nachgeguckt? Dahin hat er sich früher manchmal verzogen, wenn er seine Ruhe haben wollte.«

»Ja, da haben wir natürlich zuerst gesucht, da ist er nicht. Und auch sonst nirgendwo, wir haben jeden Winkel oben durchkämmt, er ist spurlos verschwunden.«

»Vielleicht braucht er einfach mal eine Pause von seinem nervtötenden Lieblingssohn? Ich hab dich jetzt über zweitausend Jahre lang nicht gesehen und nach drei Minuten schon wieder die Schnauze voll. Wenn ich dich täglich ertragen müsste, würde ich auch abhauen.«

»Ich wusste, es war ein Fehler, hier runterzukommen. Aber ich musste es versuchen. Wir sind mittlerweile absolut ratlos und wissen nicht, wo wir noch suchen sollen.«

»Tja, da kann ich euch auch nicht helfen. Hier unten ist er ganz bestimmt nicht. Du hast dir deine Designer-Schuhe also umsonst dreckig gemacht und kannst wieder verschwinden.«

»Keine Sorge, bin so gut wie weg. Nur eins noch: Was ist das da auf deinem Schoß? Das ist doch ein Einhorn, oder?«

»Nicht mehr. Jetzt ist es ein Keinhorn, wie du siehst.«

»Du hast einem Einhorn das Horn abgesägt? Du weißt, dass es eigentlich zu uns gehört?«

»Die Alternative wäre gewesen, es zu töten. Du weißt, was passiert, wenn ein Einhorn die Hölle betritt?«

»Ja, dein Laden friert zu. In meinen Augen eine deutliche Verbesserung. Das arme Ding. Gib es mir, ich nehme es mit nach oben, wo es hingehört.«

»Moment, nicht so schnell. Das ist nicht deine Entscheidung. Das lassen wir den Kleinen mal schön selbst entscheiden.«

»Sehr gern. Du glaubst doch wohl selbst nicht, dass irgendeine Kreatur freiwillig hierbleibt, wenn sie die Wahl zwischen oben und unten hat.«

»Keine Ahnung, das werden wir gleich wissen. Hm, Kleiner, wie sieht's aus? Möchtest du mit dem hässlichen Onkel zurück nach oben?«

»BÖÖÖÖÖÖÖÖÖÖRP!«

»Haha, da hast du deine Antwort! Er will lieber bei mir bleiben!«

»Er war ganz offensichtlich bereits zu lang hier unten und hat sich seiner schäbigen Umgebung angepasst. Tragisch, aber nicht zu ändern. Dann behalte ihn eben. Ich habe sowieso keine Zeit für derartige Umerziehungsmaßnahmen, es ist schwer genug, den Laden oben ohne Papa am Laufen zu halten. Ich habe seit drei Tagen kein Auge mehr zugemacht.«

»Och, du armes, armes Würstchen. Ich glaube, da braucht jemand ganz dringend eine große Runde Mitleid. Oder was meinst du, Kleiner?«

»BÖÖÖÖÖÖÖÖÖÖRP!«

»Sehr witzig, Luzifer. An deinem Humor hat sich offenbar auch nichts geändert in den letzten zweitausend Jahren, er ist immer noch …«

»Unterirdisch, ich weiß! Haha, der war gut! Das muss ich nachher gleich Gabriel erzählen, der lacht sich kaputt! Hahaha!«

»Oh, was freue ich mich darauf, wieder nach Hause

zu kommen und deine dreckige Lache hoffentlich nie wieder hören zu müssen.«

»Lass dich nicht aufhalten. Du weißt, wo die Tür ist. Wenn du schnell genug bist, beißt sie dich auch nicht in den Hintern.«

»Keine Sorge, ich kann hier gar nicht schnell genug rauskommen. Sagst du bitte Bescheid, falls du etwas von Papa hörst?«

»Sollte dieser unwahrscheinliche Fall eintreffen, lasse ich es dich wissen. Tschüs, Michel.«

»Michael. Mein Name ist Michael.«

»Das weiß ich doch, Michel.«

»Michael!«

»BÖÖÖÖÖÖÖÖÖÖRP!«

KAWUMM!

»Haha, sehr gut, Kleiner! Du hast ihn vertrieben! Wo hast du eigentlich gelernt, so zu rülpsen? Von mir? Natürlich, von wem sonst. Jetzt darfst du also ganz offiziell hierbleiben. Freust du dich? Also, ich freu mich. Du bist mir nämlich irgendwie ans Herz gewachsen, du kleiner Racker. Und wenn du jetzt hierbleibst, kriegst du natürlich auch einen richtigen Namen. Wie nenne ich dich denn? Rülpsi? Börpi? Börks? Nein, da fällt mir bestimmt noch was Besseres ein.«

Mehr oder weniger

Uff, endlich Pause. Nichts wie raus hier. Das ist echt nicht auszuhalten im Unterricht. Deusl hier, Deusl da, es geht um nichts anderes mehr, alles dreht sich nur um ihn. Dafür sorgt er natürlich selbst unaufhörlich. Eben hatten wir Kunst, da sollten wir Bilder von berühmten Persönlichkeiten malen. Jetzt hängt der ganze Kunstraum voller Deusl-Bilder. Und er selbst hat mal eben mit einem Fingerschnippen ein riesiges Deusl-Denkmal aus Marmor in die Mitte des Raums gezaubert und dafür natürlich 25 Einser gekriegt. Dieses verdammte Fingerschnippen macht mich nochmal wahnsinnig, aber ich kann nichts

dagegen tun. Lilly und ich haben die halbe Nacht überlegt, wie wir Opa doch noch loswerden könnten, aber uns ist nichts eingefallen. Lilly hat vorgeschlagen, Papa anzurufen und um Hilfe zu bitten, aber das will ich nicht. Er kommt auch nicht gegen ihn an, das hat er mir schon ganz oft erzählt. Und die beiden können sich sowieso nicht leiden. Wer weiß, was Opa alles anstellt, wenn Papa plötzlich hier auftaucht. Am Ende wird er sauer und feuert ihn, das möchte ich nicht. Außerdem macht Opa ja so gesehen nichts Böses, das ist ja kein Notfall oder so, er geht mir nur fürchterlich auf die Nerven. Nein, da müssen wir allein durch, Papa hat damit nichts zu tun.

Als ich das Schulgebäude verlasse, laufen Aaron, Gustav und Opa ein paar Schritte vor mir.

»Brrrr, ist das kalt heute«, sagt Gustav und reibt sich selbst mit den Händen über die Arme.

Ist es das? Ich merke ja in meinen Höllenklamotten nicht, wie kalt es ist. Aber es scheint zu stimmen, ich spüre es an den Ohren, die sind kälter als sonst. Gustav friert aber sowieso oft, das scheint also nichts Außergewöhnliches zu sein.

Aaron zückt sein Handy und wirft einen Blick darauf.

»Es sind minus zehn Grad«, sagt er. »Und es soll noch kälter werden. Kälter werden.«

»Blöder Winter, blöder«, seufzt Gustav. »Ich kann es

kaum erwarten, dass es wieder warm wird. Aber das dauert noch so lange.«

»Ja, ich mag den Sommer auch lieber. Lieber«, sagt Aaron.

»Kein Problem«, sagt Opa grinsend. »Ihr wollt lieber Sommer? Dann machen wir das doch.«

Er schnippt mit dem Finger. Im nächsten Moment wird alles gleißend hell und alle halten sich schützend die Hände vor die Augen, ich auch. Als ich meine Hand wieder wegnehme und mich langsam zwinkernd an das Licht gewöhnt habe, strahlt die Sonne vom leuchtend blauen Himmel. Der Baum neben dem Eingang zur Schule ist plötzlich wieder grün und fröhliches Vogelgezwitscher erfüllt die spürbar wärmere Luft.

Alle auf dem Schulhof jubeln, ziehen ihre Jacken aus und werfen sie in die Luft.

»Hoch lebe der Deusl! Hoch lebe der Deusl! Hoch lebe der Deusl!«, rufen alle im Chor.

Okay, ich muss zugeben, das war schon ziemlich beeindruckend.

»Du bist der Beste, Deusl!«, sagt Gustav, während er seinen dicken Pullover auszieht. »Puh, ist das warm hier!«

»Meine Wetter-App zeigt 33 Grad an. Grad an«, sagt Aaron, während er sich mit dem Ärmel Schweiß von der Stirn wischt.

»Da hilft wohl nur ein bisschen erfrischende Abkühlung«, sagt Opa und zwinkert mir zu. »Bitte alle mal an den äußeren Rand des Schulhofs rücken!«

Alle sammeln ihre abgelegten Klamotten vom Boden auf und stellen sich an den Rand des Schulgebäudes. Opa schnippt wieder mit den Fingern. Im nächsten Augenblick stehen wir alle auf einer grünen Wiese. Und in der Mitte des Schulhofes ist plötzlich ein großes, blaues, rechteckiges Loch mit ganz viel Wasser drin. Kapier ich nicht. Was soll das denn darstellen? Sollen wir das jetzt austrinken, weil es so heiß ist, oder was?

»Ein Freibad!«, ruft Gustav begeistert. »Mitten im Winter! Du bist der Beste, Deusl!«

Ein Freibad? Was ist das denn Komisches? Heißt das, wir sollen in diesem Wasserloch baden? Zusammen? Hier draußen? Ich meine, ich wollte das mit dem Baden ja gern mal ausprobieren, aber in einer Wanne, nicht in einem Loch auf dem Schulhof. Sehr seltsam. Warum freuen sich denn alle wie verrückt darüber? Ist Baden nicht so ähnlich wie Duschen? Darüber freut man sich doch nicht, das macht man doch nicht freiwillig, sondern nur, weil andere einen komisch angucken, wenn man es zu lang nicht gemacht hat. Ich mache da jedenfalls nicht mit, ich habe letzte Woche erst geduscht.

Die anderen ziehen sich bis auf die Unterhosen aus und hüpfen in das Wasserloch. Alle lachen und bespritzen sich gegenseitig mit Wasser. Wieso machen sie

das? Sie sind doch schon von oben bis unten nass. Und braucht man zum Baden kein Duschgel? Oder heißt das dann Badgel? Kapier ich nicht.

Opa kommt lächelnd auf mich zu und bleibt neben mir stehen.

»Na, Luzie«, sagt er. »Willst du nicht mit den anderen schwimmen?«

Schwimmen? Ist es das, was die da alle machen? Davon habe ich schon gehört. Das müssen bei uns unten die Dreisten Dopingsünder in Abteilung 48 machen. Stimmt, da ist auch ein großes Loch im Boden, aber da ist kein Wasser drin, sondern frischer Zement. Die müssen dann von einem Ende zum anderen schwimmen, was natürlich keiner schafft, weil der Zement immer genau dann trocknet, wenn sie ganz knapp vor dem Ziel sind. Das sieht mörderisch anstrengend aus, da lacht irgendwie keiner und spritzt fröhlich mit Zement.

»Äh … lieber nicht«, beantworte ich Opas Frage.

»Lass mich raten«, sagt Opa. »Wobei, ich muss überhaupt nicht raten, ich weiß ja alles. Du kannst überhaupt nicht schwimmen, nicht wahr?«

Ach so, da muss man auch noch etwas *können*? Das bedeutet, ich müsste erstmal etwas *lernen*. Nein danke, das klingt ja noch anstrengender.

»Soll ich es dir beibringen?«, fragt Opa. »Es ist ganz einfach.«

»Klar«, sage ich. »Mit deinem Fingerschnippen ist immer alles ganz einfach. Und hinterher tut mir der Ellenbogen weh. Danke, ich verzichte.«

»Nein, das geht auch ohne Fingerschnippen«, erwidert Opa. »Und es wird garantiert nicht wehtun. Versprochen.«

Hm. Das sieht ja schon so aus, als hätten die Jungs im Wasser jede Menge Spaß. Da wäre ich schon irgendwie gern dabei. Und vielleicht kann es ja nicht schaden, dieses Schwimmen zu lernen? Alle anderen scheinen es offenbar locker hinzukriegen, vielleicht ist es ja tatsächlich nicht so schwer.

»Okay, von mir aus«, sage ich und zucke möglichst gleichgültig mit den Schultern. »Probieren kann ich's ja mal. Was muss ich machen?«

»Zuerst mal musst du dich ausziehen«, sagt Opa. »Also, bis auf die Unterhose, die lässt du an. Ich könnte dir auch eine Badehose besorgen, wenn dir das lieber ist.«

Es gibt eine extra Hose zum Baden? Nein, das klingt viel zu kompliziert.

»Danke, nicht nötig«, sage ich und schlüpfe aus meiner Hose. »Die anderen haben ja auch nur ihre Unterhosen an. Was jetzt?«

»Jetzt stellst du dich da vorne an den Rand des Beckens.«

Aha, Becken heißt das also, nicht Wanne. Ich gehe mit Opa bis ganz nach vorne an den Rand.

»Und jetzt?«, frage ich.

»Jetzt lernst du schwimmen«, sagt Opa und gibt mir einen Schubs.

Ich verliere das Gleichgewicht und rudere mit den Armen, aber es hilft nichts – ich falle kopfüber ins Wasser. Moment mal. Irgendwas stimmt doch hier nicht. Wieso bleibe ich nicht oben wie alle anderen? Muss das so sein? Ich sinke immer tiefer. Ganz schön nass hier. Und blau. Ich kann den Grund des Beckens sehen, er kommt näher. Das ist schon ein schönes Gefühl, ich fühle mich sehr leicht. Wie ist das hier unten eigentlich mit dem Atmen? Das ist oben irgendwie sehr wichtig, habe ich gelernt. Dafür braucht man Luft. Aber hier ist keine Luft. Geht Atmen auch mit Wasser? Ich glaube nicht, oder? Aber so langsam müsste ich mal wieder atmen, glaube ich. Es fehlt mir irgendwie, das Luftholen. Mein Brustkorb wird schon ganz eng. Ich müsste da hoch? Aber wie geht das? Huch,

was war das denn? Irgendwas ist direkt neben mir ins Wasser geplumpst. Ah, da ist ja Opa. Ich winke ihm. Er greift von hinten unter meine Arme. Oh, jetzt geht es aufwärts, super. Als mein Kopf aus dem Wasser auftaucht, hole ich ein paarmal ganz tief Luft.

»Wie lang wolltest du denn da unten bleiben?«, fragt Opa, der mich immer noch von hinten festhält.

»Keine Ahnung«, antworte ich. »Bin ich gut geschwommen?«

»Ja«, sagt Opa. »Wie ein Stein. Beim Schwimmen geht es übrigens darum, mit dem Kopf *über* Wasser und dadurch am Leben zu bleiben. Pass auf, ich zeig dir das jetzt. Versuch mal, dich flach aufs Wasser zu legen.«

Ich strample mit den Beinen, mein Hintern hebt sich, ich liege fast flach auf dem Wasser. Ah, so geht das also, man muss sich bewegen. Ich spüre Opas Hände unter meinem Bauch, er hebt mich leicht nach oben. Sehr gut, so ist es noch einfacher.

»So, und jetzt versuchst du, das Wasser vor dir mit den Armen zur Seite wegzuschaufeln«, sagt Opa. »Guck, so wie es die anderen machen.«

Nicht weit von mir schwimmt Gustav. Ich mache seine Armbewegungen nach und es geht ein bisschen vorwärts.

»Sehr gut«, sagt Opa. »Jetzt machst du das Gleiche mit deinen Beinen, wie ein Frosch.«

Ich versuche es, es klappt. Oh, jetzt geht es schon richtig vorwärts.

»Perfekt«, sagt Opa und nimmt die Hände unter meinem Bauch weg.

Jetzt schwimme ich ganz alleine, das funktioniert super. Und es macht total Spaß. Ich schwimme von einem Beckenrand zum anderen und wieder zurück. Okay, das ist auf Dauer ganz schön anstrengend. Ich mache eine Pause und halte mich am Beckenrand fest, als der Hasenfuß aus dem Schulgebäude kommt.

»Was … Was ist denn hier los?«, fragt er verwundert. »Das … Das geht doch nicht! So kann man doch keinen ordnungsgemäßen Unterricht abhalten! Ihr kriegt … Ihr kriegt alle … HITZEFREI!«

Die Jungs jubeln ihm zu. Hitzefrei ist super, das kenne ich, das gab's im Sommer schon mal. Das bedeutet, es ist zu heiß zum Denken und deshalb fällt der Unterricht aus.

Der Hasenfuß schlüpft aus seinen Klamotten, bis er auch nur noch in der Unterhose dasteht.

»Aus dem Weg!«, ruft er und rennt auf das Becken zu. »Arschbombe!«

Er springt vom Rand in das Becken, eine riesige Wasserfontäne spritzt nach oben. Oh, das ist lustig, das probiere ich auch gleich mal!

Die nächsten zwei Stunden vergehen wie im Flug.

Wir machen einen Arschbomben-Wettbewerb und sind fast die ganze Zeit im Wasser. Das mit dem Schwimmen klappt immer besser und macht riesig Spaß. Wenn wir nicht im Wasser sind, liegen wir auf dem Rasen und lassen uns die Sonne auf die Bäuche scheinen, so wie jetzt gerade. Apropos Bauch: Meiner hat eben ganz laut gegrummelt.

»Ich habe Hunger«, stelle ich fest.

»Kein Problem«, sagt Opa.

Er steht auf und ruft in die Menge.

»HABT IHR AUCH ALLE HUNGER?«, fragt er.

»JAAAAAAAAAA!«, antworten alle im Chor.

»UND WAS SCHMECKT IM SCHWIMMBAD AM BESTEN?«

»SCHWIMMBAD-POMMES!!!! SCHWIMMBAD-POMMES! SCHWIMMBAD-POMMES!«

Was sind denn Schwimmbad-Pommes? Schwimmen die im Wasser? Das stelle ich mir ja nicht so lecker vor.

»GANZ GENAU!«, ruft Opa grinsend und schnippt mit den Fingern.

Im nächsten Moment hat jeder eine große Schale Pommes in der Hand. Okay, das sind ganz normale Pommes, stelle ich fest. Und sie schmecken tatsächlich besser als die aus dem Speisesaal.

Ich bin fast fertig mit meiner Tüte, als ich Lilly mit großen Augen staunend am Eingangstor stehen sehe – sie kommt wohl gerade aus ihrer Schule. Ich stehe auf und winke ihr zu.

»Lilly!«, rufe ich. »Hier sind wir!«

Sie bahnt sich in Schlangenlinien ihren Weg zu Opa und mir.

»Was ist denn hier passiert?«, fragt sie, als sie bei uns ankommt.

»Wir haben hitzefrei«, sage ich. »Opa hat schönes Wetter gemacht. Und das hier ist ein Freibad.«

»Das sehe ich«, sagt Lilly skeptisch. »Und ihr haltet das für eine gute Idee? Was, wenn jemand vorbeiläuft und das sieht? Der ruft doch sofort die Polizei. Oder das Fernsehen. Und dann ist hier keine Stunde später die Hölle los. Mit dem Klimawandel könnt ihr das nämlich nicht erklären.«

»Keine Sorge«, sagt Opa. »Das ist alles nur für Bewohner von St. Fidibus sichtbar, dafür habe ich gesorgt.«

Er streckt ihr grinsend seine Schnippfinger entgegen.

»Dann ist's ja in Ordnung«, sagt Lilly. »Ich muss zugeben, ihr habt es euch richtig schön gemacht hier. Und die Sonne tut irgendwie sehr gut.«

»Opa hat mir Schwimmen beigebracht!«, sage ich aufgeregt. »Ganz ohne seine Finger! Und Arschbomben kann ich auch schon! Soll ich's dir zeigen? Los, zieh dich aus und komm mit ins Wasser!«

»Du spinnst wohl. Ich werde mich ganz sicher nicht hier vor allen anderen ausziehen.«

Ach, stimmt ja, das hätte ich fast schon wieder vergessen. Bei unserem Körpertausch habe ich ja gemerkt, dass ihr da unten etwas fehlt, dieses Ding zum Pinkeln. Sie wollte mir noch erklären, was es damit auf sich hat, aber dafür war noch keine Zeit. Wahrscheinlich will sie nicht, dass die anderen sehen, dass ihr da etwas fehlt, es ist ihr sicher peinlich, das kann ich verstehen.

»Das ist aber schade«, sage ich seufzend. »Es ist so schön im Wasser.«

»Ich weiß«, sagt Lilly. »Und deswegen gehe ich jetzt kurz rüber zu uns in die Wohnung und ziehe meinen Badeanzug an.«

Sie läuft los in Richtung Hausmeisterwohnung. Wie bitte? Es gibt einen extra Anzug zum Baden? Komisch. Ich hatte das jetzt so verstanden, dass man beim Baden so wenig wie möglich anziehen soll. Da wird doch dann der ganze Anzug nass, oder? Na ja, soll mir egal sein, Hauptsache, sie kommt mit ins Wasser und ich kann ihr zeigen, wie gut ich schon schwimmen kann.

Fünf Minuten später kommt sie wieder. Aha, das ist also ein Badeanzug. Da hat sich Lilly aber ganz schön betrügen lassen, der hat ja nicht mal Ärmel, und Beine sind auch keine dran.

»Na, komm«, ruft sie mir vom Beckenrand aus zu. »Dann zeig mal, was du kannst.«

Das lasse ich mir natürlich nicht zweimal sagen. Ich nehme Anlauf und springe mit einem großen Satz und einer Arschbombe im Gepäck ins Becken.

»Nicht schlecht!«, ruft Lilly lachend. »Aber das geht noch besser!«

Sie springt ebenfalls mit Anlauf ins Wasser, bei ihr spritzt es noch höher als bei mir.

»Super, Lilly!«, rufe ich ihr zu. »Kannst du auch so gut schwimmen? Wer zuerst auf der anderen Seite ist!«

Die nächste Zeit verbringen wir im Wasser. Lilly zeigt mir sogar, wie man unter Wasser schwimmt, das macht auch sehr viel Spaß, heißt dann aber nicht schwimmen, sondern tauchen. Ich schaffe es sogar, bis auf den Boden des Beckens zu tauchen, da ist es aber langweilig, deshalb bleibe ich nicht lang da unten.

Irgendwann sind wir erschöpft, setzen uns mit den Füßen im Wasser plantschend an den Beckenrand und gucken den anderen beim Spaßhaben zu.

»Schade, dass es kein Sprungbrett gibt«, sagt Lilly. »Dann könnte ich dir zeigen, wie man einen Salto macht.«

Ein Sprungbrett? Was ist das denn jetzt schon wieder? Ein Brett, das springt?

»Habe ich da eben etwa Sprungbrett gehört?«, ertönt Opas Stimme hinter uns. »Das ist eine ganz hervorragende Idee! Ich liebe Sprungbretter!«

Opa schnippt mit den Fingern. Im nächsten Augenblick erscheint am Beckenrand ein kleiner Turm, und Opa steht oben auf einem schmalen Brett, das in das Becken hineinragt.

»MACHT MAL PLATZ DA UNTEN!«, ruft Opa den Jungs im Wasser zu. »ICH ZEIGE EUCH GLEICH DIE MÄCHTIGSTE ARSCHBOMBE DES UNIVERSUMS! DAS WIRD GROSSARTIG!«

»Na super«, stöhnt Lilly. »Jetzt lässt er wieder den Angeber raushängen. Dabei hatte ich gerade angefangen, ihn nicht mehr so ätzend zu finden, weil er die ganze Zeit still war.«

»Ja, er kann es offenbar einfach nicht lassen«, seufze ich. »Zu mir war er den ganzen Nachmittag richtig lieb, ich mochte ihn schon fast.«

»SEID IHR BEREIT, EUCH DEN ATEM STOCKEN ZU LASSEN?«, ruft er vom Brett herunter.

»JAAAAAAAAA!«, antworten ihm alle im Chor.

»DEUSL! DEUSL! DEUSL! DEUSL!«

Er schnippt noch einmal mit den Fingern, der Turm wird höher und höher, bis man Opa kaum noch sieht. Die Luft wird plötzlich von einem Trommelwirbel erfüllt. Opa hüpft auf dem Brett herum, es federt auf und ab und schießt ihn immer höher in die Luft, bis man nur noch einen winzigen Punkt am Himmel sieht. Der Trommelwirbel verstummt. Alle halten gespannt den Atem an. Opa saust abwärts und dreht sich dabei gefühlte tausendmal kreuz und quer in der Luft, vorwärts, rückwärts, linksrum, rechtsrum, mir wird schon allein vom Zugucken schwindlig.

»OOOOOOOOOOOH!«, rufen alle staunend. »AAAAAAAAAAAH!«

Opa rast in einer Wahnsinnsgeschwindigkeit auf das Wasser zu. Als er kurz vor dem Eintauchen ist, bleibt er plötzlich mitten in der Luft stehen und winkt uns zu, dann rollt er sich zu einer Kugel zusammen und klatscht mit dem Hintern zuerst ins Wasser. Eine Fontäne, so hoch wie der Sprungturm, schießt in die Luft, alle fangen an zu jubeln.

»Danke, danke!«, sagt Opa, als er aus dem Becken klettert. »Jetzt dürft ihr zeigen, was ihr könnt!«

Er schnippt mit den Fingern, der Turm wird wieder kleiner, die ersten Jungs stürmen darauf zu und klettern sich gegenseitig drängelnd die Leiter nach oben.

Opa setzt sich neben uns an den Beckenrand.

»Na, wie war ich?«, fragt er. »Seid ihr beeindruckt?«

»Nö«, sagt Lilly. »Wenn du das ohne dein komisches Fingerschnippen gemacht hättest, *dann* wäre ich beeindruckt. Aber so zählt das nicht, das war nichts anderes als ein billiger Zaubertrick.«

»Das war kein Trick« erwidert Opa. »Ich habe das alles wirklich gemacht.«

»Schon klar«, sagt Lilly. »Aber das geht ja nur, weil du kein normaler Mensch bist. Du bist der CEO.«

»Na, ihr seid aber auch keine normalen Menschen«, erwidert Opa.

»Das stimmt«, sagt Lilly. »Aber wir lassen das nicht die ganze Zeit raushängen und führen uns auf, als wären wir die Größten.«

»Aber ich *bin* nun mal der Größte«, sagt Opa.

»Nicht für mich«, brummt Lilly.

»*Noch* nicht«, erwidert Opa grinsend. »Das kommt schon noch.«

»Verlass dich nicht drauf«, knurrt Lilly.

Lass es, Lilly. Das bringt doch nichts. Er kapiert es einfach nicht. Oder er will es nicht kapieren. Offenbar übersteigt es seine Vorstellungskraft, dass ihn jemand nicht großartig finden könnte.

Ich beobachte die Jungs auf dem Sprungturm. Da oben herrscht ein ganz schönes Gedränge.

Ah, da sind ja auch Aaron und Gustav. Sie fehlen mir immer noch. Normalerweise würde ich jetzt wahrscheinlich da oben mit ihnen stehen und wir hätten gemeinsam Spaß, als Freunde. Oder vielleicht auch eher nicht. Das sieht ziemlich hoch aus da oben. Mir wird immer schwindlig, wenn ich irgendwo oben stehe. Aaron hat mir erklärt, das liegt wahrscheinlich daran, dass ich mein bisheriges Leben tief unten verbracht habe, ich bin Höhen nicht gewohnt. Von daher hätte ich viel zu viel Angst, um da hochzuklettern. Für Aaron ist das natürlich kein Problem, Aaron hat ja vor nichts Angst. Oh, er ist jetzt dran. Bin gespannt, wie er da runterspringt. Er steht vorne auf dem Brett und bringt es langsam zum Federn. Er hüpft immer höher, so hoch ist noch keiner außer Opa vorher gehüpft. Oh, Mist, jetzt ist er mit einem Fuß nicht richtig auf dem Brett gelandet. Er wird schief nach hinten in die Luft geschleudert. Oh, nein! Wenn er wieder runterkommt, landet er nicht auf dem Brett! Und auch nicht im Wasser! Er wird auf dem

Boden aufschlagen! Das überlebt er nicht!

»AARON! NEIN!«, rufe ich entsetzt.

Obwohl er viel zu weit weg ist, strecke ich instinktiv meine Hände nach ihm aus. Blaue Blitze schießen aus meinen Fingern. Sie zischen auf Aaron zu. Kurz bevor er auf den Boden knallt, erreichen sie ihn und sorgen dafür, dass er in der Luft stehen bleibt. Uff, das ist gerade nochmal gut gegangen. Ich springe auf und renne zu Aaron, Lilly und Opa folgen mir.

Als wir bei ihm ankommen, lösen sich die Blitze langsam auf und er landet sanft auf dem Rasen.

»Aaron! Geht es dir gut?«, frage ich besorgt.

»Ja, alles bestens«, sagt er lachend. »Der Deusl hat mich ja gerettet. Danke, lieber Deusl. Du bist einfach großartig. Großartig.«

Wie bitte, was? Das glaube ich ja jetzt wohl nicht. Ich meine, letztendlich ist es völlig egal, wer ihn gerettet hat, Hauptsache, er lebt. Aber mein toller Opa hat in diesem Fall buchstäblich nicht einen Finger krumm gemacht, um Aaron zu helfen. Von mir aus können die ihn alle loben und feiern, so viel sie wollen – aber doch bitte nicht für etwas, das er gar nicht getan hat, das geht echt zu weit!

»Äh … das war nicht der Deusl«, sage ich angesäuert. »Das war *ich*.«

»Ja, aber du hattest ja nur die Macht dafür, weil der Deusl sie dir gegeben hat«, erwidert Gustav. »Weil der Deusl nämlich großartig ist.«

»Da hat er nicht ganz unrecht«, sagt Opa. »Die Kraft der blauen Blitze habe ich erfunden. Oder waren es die grünen? Egal, ich habe ja alles erfunden, da war das bestimmt auch dabei. Also habe eigentlich *ich* Aaron gerettet.«

»SAG MAL, GEHT'S NOCH?«, rastet Lilly aus. »*DU* HAST AARON GANZ BESTIMMT NICHT GERETTET! *DU* HAST NÄMLICH GAR NICHT HINGEGUCKT, ALS ES PASSIERT IST! AUSSERDEM HAST *DU* DOCH ÜBERHAUPT ERST DAFÜR GESORGT, DASS ER IN GEFAHR GERATEN IST! WER HAT DENN DEN BESCHEUERTEN SPRUNGTURM DA HINGESTELLT, UM HIER DIE RIESEN-DEUSL-SHOW ABZUZIEHEN? *DAS* WARST DU! SONST HAST DU GAR NICHTS GEMACHT! AM ALLERWENIGSTEN AUFGEPASST, DASS DEN JUNGS DA OBEN NICHTS PASSIERT!«

»Da kann ich doch nichts dafür, wenn Aaron so unvorsichtig ist«, sagt Opa. »Auch wenn immer wieder das Gegenteil behauptet wird: Ich kann nicht überall gleichzeitig sein.«

»DANN STELL EBEN MITTEN IM WINTER KEIN FREIBAD MIT EINEM LEBENSGEFÄHRLICHEN SPRUNGTURM AUF DEN SCHULHOF!«, erwidert Lilly.

»Ach, komm«, sagt Opa grinsend. »Dir hat das doch auch Spaß gemacht, bei diesem schönen Wetter im Wasser herumzuplantschen. Gib's zu, ich hab's doch gesehen.«

»NATÜRLICH HAT MIR DAS SPASS GEMACHT! DAS WÜRDE *JEDEM* SPASS MACHEN! ABER WENN LUZIE NICHT AUFGEPASST HÄTTE, WÄRE AARON JETZT TOT! UND DA HÖRT DER SPASS EBEN AUF, UND ZWAR GRÜNDLICH!«

»Ach, jetzt übertreib mal nicht«, sagt Opa. »So schnell stirbt es sich nicht. Und selbst wenn, dann wäre Aaron jetzt bei uns oben und es würde ihm blendend gehen. Außerdem fällt einer mehr oder weniger hier unten doch gar nicht auf.«

Wie bitte? Das hat er eben nicht wirklich gesagt, oder? Jetzt platzt mir aber auch so langsam der Kragen!

»EINER MEHR ODER WENIGER?«, brülle ich Opa an. »DU HAST SIE WOHL NICHT MEHR ALLE! DAS IST DOCH NICHT IRGENDEINER, DAS IST

AARON, MEIN FREUND! ABER JEDEN ANDEREN HÄTTE ICH NATÜRLICH AUCH GERETTET! IM GEGENSATZ ZU DIR!«

Zumindest will ich davon ausgehen, dass die blauen Blitze bei jedem anderen ebenfalls eingegriffen hätten. Ich glaube auch nicht, dass Opa mit unserer blauen Macht irgendwas zu tun hat, sie fühlt sich so an, als würde sie nur für Lilly und mich existieren und käme direkt aus uns.

»GENAU!«, stimmt Lilly mir zu. »WEIL DU NÄMLICH NICHTS ANDERES BIST ALS EIN AUFGEBLASENER, WIDERLICHER, GRÖSSENWAHNSINNIGER ANGEBER!«

»Du hast ganz eindeutig das Temperament eures Vaters, Lilly«, sagt Opa grinsend. »Wisst ihr eigentlich, wie süß ihr seid, wenn ihr wütend werdet?«

Er geht auf uns zu und wuschelt lächelnd mit beiden Händen durch unsere Haare.

»Ganz entzückend, meine beiden Süßen!«, sagt er.

»FASS MICH NICHT AN!«, faucht Lilly. »ICH BIN NICHT DEINE SÜSSE!«

Sie schlägt nach seiner Hand und schubst ihn von sich weg. Opa taumelt nach hinten, verliert das Gleichgewicht und landet auf seinem Hintern.

»UUUUUUUUUUH!«, ertönt ein empörtes Raunen aus der Menge der Jungs.

»Sie … Sie hat den Deusl umgeschubst«, sagt Gustav fassungslos. »Das … Das ist verboten. Niemand darf den Deusl umschubsen.«

»Ach, darf ich nicht?«, herrscht Lilly ihn an. »Wer sagt das? Ich schubse ihn von hier bis nach Timbuktu, wenn ich will!«

»Das glaubst du doch selbst nicht«, sagt Opa und rappelt sich auf. »Das schaffst du kein zweites Mal. Ich war nur nicht darauf vorbereitet.«

»Klar, weil du keine Zeit hattest, mit deinen blöden Fingern zu schnippen!«, erwidert Lilly. »Ohne deine Finger bist du nämlich nichts weiter als ein feiger Schwächling!«

»Glaub mir«, sagt Opa. »Du hättest auch ohne meine Finger keine Chance gegen mich.«

»Ach ja?«, knurrt Lilly. »Willst du es ausprobieren? Wie wäre es mit einem kleinen Boxkampf? Ohne Fingerschnippen oder andere Tricks natürlich.«

»Du willst gegen mich antreten?«, erwidert Opa. »Kein Problem. Aber jammere mir hinterher nicht die Ohren voll, wenn du auf dem Boden liegst und Sternchen siehst.«

»Keine Sorge«, sagt Lilly. »Ich werde ganz bestimmt nicht jammern. Aber, wenn wir schon kämpfen, dann gleich um alles. Wenn ich gewinne, verschwindest du sofort von hier und lässt uns für immer in Ruhe.«

»Und wenn *ich* gewinne? Was garantiert passiert.«

»Dann sagen wir nie wieder ein schlechtes Wort über dich, sind nur noch lieb zu dir und geben uns ganz viel Mühe, dich zu mögen. Oder, Luzie?«

Lilly sieht mich fragend an. Ich bin gerade ein bisschen überfordert. Verstehe ich das richtig? Sie will gegen ihn kämpfen? Gegen den CEO? Den mächtigsten Mann der Welt? Das klingt ziemlich chancenlos, da kann sie eigentlich nur verlieren.

»Ich weiß nicht«, sage ich zögerlich. »Hältst du das wirklich für eine gute Idee?«

»Jetzt sag schon Ja«, zischt sie mich an. »Ich weiß, was ich tue.«

Genau das bezweifle ich gerade stark. Aber sie guckt sehr entschlossen, ich kann ihr das sowieso nicht mehr ausreden.

»Okay«, sage ich seufzend.

»Alles klar«, sagt Lilly und wendet sich wieder an Opa. »Wir boxen. Drei Runden. In einer Stunde. Hier auf dem Schulhof. Ohne Fingerschnippen, nur mit deiner normalen Kraft. Abgemacht?«

Sie streckt ihm ihre Hand entgegen, er schlägt ein.

»Abgemacht«, sagt er. »Ohne Fingerschnippen. Großes Deusl-Ehrenwort.«

Die Jungs brechen in einen ohrenbetäubenden Jubel aus.

»DEUSL! DEUSL! DEUSL!«, rufen sie.

»Noch was«, knurrt Lilly in Richtung Opa. »Keine Deusl-Show, also kein Publikum. Ich will außer Luzie nicht einen der Jungs hier sehen, verstanden?«

»Kein Problem«, sagt Opa grinsend. »Ich brauche kein Publikum, um dich zu besiegen.«

»Gut«, sagt Lilly. »Wir sehen uns in einer Stunde. Luzie, wir gehen.«

Sie dreht sich um und stapft los in Richtung Hausmeisterwohnung – ich folge ihr mit einem sehr unguten Gefühl im Bauch.

Knautschige Masse

»Onkel Wolfram?«, ruft Lilly, als wir die Hausmeisterwohnung betreten. »Bist du da?«

»In der Küche!«, ertönt die Stimme von Herrn Rosenberg.

Ich folge Lilly in die Küche. Dort sitzt ihr Onkel glücklich lächelnd am Tisch. Er hat einen Koala auf dem Arm und krault ihn hinter den Ohren.

»Na, Cornibus«, sage ich grinsend. »Du lässt es dir ja gut gehen.«

»Ja, Cornibus gut gehen. Onkel Dosenzwerg schön streicheln.«

»Ich wollte schon immer mal einen Koala streicheln«, sagt Herr Rosenberg. »Und Cornibus hat mir den Gefallen getan. Ich hoffe, das ist in Ordnung? Ich meine, er ist ja *dein* Hausdämon, ich wollte ihn nicht als Kuscheltier missbrauchen. Aber das ist so weich, ich konnte einfach nicht widerstehen.«

»Kein Problem«, sage ich. »Wenn Cornibus etwas dagegen hätte, würde er das sehr deutlich zeigen. Nicht wahr, Cornibus?«

»Cornibus nicht dagegen. Cornibus viel dafür.«

»Dann ist's ja gut«, sagt Herr Rosenberg und krault weiter. »Und, was treibt ihr so?«

»Lilly kämpft gleich gegen den Deusl«, sage ich seufzend. »Und ich denke immer noch, dass das keine gute Idee ist.«

»Ein Kampf? Gegen den Deusl? Aber warum denn?«, sagt Herr Rosenberg. »Der Deusl ist doch sehr lieb und einfach großartig.«

»Ist er eben nicht«, knurrt Lilly. »Wenn Luzie nicht aufgepasst hätte, hätte er Aaron einfach so sterben lassen. Das ist weder lieb noch großartig, das ist einfach nur widerlich.«

»Ach, das war doch bestimmt nur ein Versehen«, sagt Herr Rosenberg. »Das hat er ganz sicher nicht so gemeint, der Deusl.«

»Mir egal, wie er das gemeint hat«, knurrt Lilly. »Er ist eine Gefahr für alle hier, deshalb muss er wieder verschwinden. Und wenn ich dafür gegen ihn boxen muss, dann mache ich das eben.«

»Aber du hast nicht die geringste Chance gegen den Deusl«, sagt Herr Rosenberg.

»Das werden wir ja sehen«, erwidert Lilly. »Er hat

versprochen, dass er ohne seine übernatürlichen Kräfte kämpft, also habe ich eine Chance. Und die schlechteste Boxerin bin ich auch nicht, schließlich habe ich einiges von dir gelernt.«

Lilly wendet sich an mich.

»Onkel Wolfram hat früher im Verein geboxt«, erklärt sie. »Und ich habe eine ganze Zeit lang mit ihm zusammen trainiert.«

»Ja«, sagt Herr Rosenberg. »Zum letzten Mal vor zwei Jahren. Das ist lang her.«

»Egal«, sagt Lilly. »Der Deusl hat wahrscheinlich noch nie geboxt, also habe ich auf jeden Fall mehr Erfahrung. Weißt du zufällig, wo meine alten Boxsachen sind?«

»Die müssten irgendwo unten im Keller in einer Kiste sein«, antwortet Herr Rosenberg.

»Alles klar, dann guck ich da mal«, sagt Lilly. »Kommst du mit, Luzie?«

Ich folge Lilly in den Keller, wo jede Menge Kisten kreuz und quer überall herumstehen. Lilly fängt an, sie zu durchsuchen.

»Ist das nicht gefährlich, so ein Boxkampf?«, frage ich sie. »Ich meine, Kämpfe sind doch immer gefährlich, oder? Wenn bei uns unten zwei Dämonen gegeneinander kämpfen, ist meistens hinterher einer tot.«

»Nein, keine Sorge, bei einem Boxkampf stirbt niemand«, sagt Lilly. »Da gibt es strenge Regeln und man trägt auch einen Kopfschutz. Genau den suche ich ja gerade.«

Sie klappt die nächste Kiste auf und wühlt darin herum.

»Und du glaubst, Opa hält sich an diese Regeln?«, frage ich. »Er macht doch immer, was er will. Und wenn ihm irgendwelche Regeln nicht gefallen, ändert er sie einfach.«

»Das soll er ruhig machen, das wäre gut für uns. Wer sich nicht an die Regeln hält, verliert den Kampf automatisch. Und wir nehmen Onkel Wolfram als Kampfrichter mit, damit alles ordnungsgemäß abläuft.«

Lilly nimmt sich die nächste Kiste vor.

»Okay«, sage ich. »Aber irgendwie habe ich trotzdem ein schlechtes Gefühl. Das kann doch keine Lösung sein, sich gegenseitig zu verkloppen, da gibt's doch hinterher immer einen, dem irgendwas wehtut. Was ist, wenn du gewinnst und er sauer wird? Er hat wahrscheinlich noch nie im Leben bei irgendwas verloren, damit kann er bestimmt nicht umgehen. Und ich möchte nicht unbedingt erleben, was er mit seiner Macht anstellt, wenn er sauer ist.«

»Darauf bin ich auch nicht unbedingt scharf«, sagt Lilly. »Aber wir haben keine andere Wahl, oder ist dir in der Zwischenzeit etwas Besseres eingefallen, wie wir ihn loswerden können?«

»Nein, leider nicht«, seufze ich.

»Wir können nur hoffen, dass er sein Wort hält. Und dass ich gewinne. Aber dafür müsste ich erstmal diese verflixte Kiste finden. Ah, die da unten, die könnte es sein.«

Lilly zerrt eine Kiste unter einem Regal heraus und öffnet sie.

»Bingo!«, sagt sie strahlend.

Sie fischt etwas heraus und zieht es über ihren Kopf. Aha, das ist dann wohl der Kopfschutz.

»Bisschen eng«, stellt Lilly fest. »Aber er passt gerade noch so.«

»Das sieht ziemlich bescheuert aus«, sage ich kichernd.

»Ich weiß«, sagt Lilly und muss auch kichern. »Vielleicht haben wir ja Glück und er gibt auf, weil er vor lauter Lachen nicht boxen kann. Ah, da sind ja auch Onkel Wolframs alte Handschuhe, die müssten mir auf jeden Fall passen. Kannst du sie mir bitte mal anziehen?«

Sie nimmt zwei klobige Dinger aus der Kiste und gibt sie mir. Was ist das denn? Das sollen Handschuhe sein? Ich kenne Handschuhe, die tragen hier oben gerade ganz viele, weil sie kalte Finger vom Winter haben. Aber an denen hier sind gar keine Finger dran, nur an jedem ein Daumen, der Rest ist eine komische knautschige Masse.

»Wie, anziehen?«, frage ich verwundert. »Wie zieht man die denn an? Was genau ist das überhaupt?«

»Das sind Boxhandschuhe«, erklärt Lilly. »Die schützen die eigenen Hände und das Gesicht des Gegners. Streck mir einfach die Öffnungen entgegen, dann kann ich mit den Händen reinschlüpfen.«

Ich tue, was sie mir gesagt hat, ihre Hände verschwinden in der knautschigen Masse.

»Und jetzt bindest du sie zu«, sagt Lilly. »Richtig schön fest, so wie Schnürsenkel an einem Schuh. Heute gibt's die mit Klettverschlüssen, aber diese hier sind schon ziemlich alt.«

Lilly streckt mir die Handschuhe mit der Unterseite nach oben entgegen. Ah ja, da sind die Schnürsenkel, ich binde sie zu.

»Und jetzt?«, frage ich. »Stören die klobigen Dinger nicht eher beim Boxen?«

Lilly tänzelt vor mir herum und schlägt mir leicht mit der linken Hand an die Stirn. Ich erschrecke zwar kurz, aber wehgetan hat das jetzt nicht.

»Nö«, sagt sie grinsend. »Da stört gar nichts.«

»Und Opa hat auch solche Dinger an, oder wie?«, will ich wissen.

»Genau.«

Okay, dann bin ich ein bisschen beruhigter, damit kann Lilly wahrscheinlich nichts Schlimmes passieren.

Wir gehen wieder nach oben in die Küche.

»Hihi, Lilly lustig«, sagt Cornibus kichernd. »Gesicht verknautscht. Wie Bulldogge.«

Cornibus verwandelt sich in eine Bulldogge. Tatsächlich, eine gewisse Ähnlichkeit ist deutlich zu erkennen.

»Ich sehe, du hast die Kiste leider gefunden«, sagt Herr Rosenberg. »Du willst das also wirklich durchziehen?«

Lilly nickt.

»Pass auf deine Deckung auf«, sagt Herr Rosenberg. »Immer beide Arme hoch. Willst du noch schnell etwas essen? Eine Banane, vielleicht?«

»Oh ja, gern«, sagt Lilly. »Aber ihr müsst mich füttern. Mit den Händen in den Dingern bin ich ziemlich hilflos.«

Herr Rosenberg schält eine Banane und füttert Lilly damit.

»Cornibus gar keine Hände. Viel mehr hilflos. Cornibus auch Nanane?«

»Ja, genau!«, sage ich lachend. »Du und hilflos! Du kannst dich doch jederzeit in einen Affen verwandeln, dann hast du Hände.«

»Luzie richtig«, sagt Cornibus und verwandelt sich in ein Totenkopfäffchen. »Affe Nanane? Affe mag Nanane!«

»Nun gib ihm schon eine«, sagt Herr Rosenberg lächelnd und reicht mir eine Banane. »Die hat er sich als Koala bei mir verdient.«

»Wie viel Uhr ist es?«, fragt Lilly.

»Noch zwanzig Minuten«, antworte ich.

»Dann lasst uns schon mal rausgehen«, schlägt Lilly vor. »Ich möchte mich noch ein bisschen warm machen. Ach ja, Onkel Wolfram, könntest du bitte unser Kampfrichter sein?«

»Ja, natürlich gern«, sagt Herr Rosenberg. »Wobei ich ja befürchte, ich werde nicht sehr viel zu tun haben. Der Deusl wird gewinnen, er ist einfach zu großartig.«

»Das werden wir ja sehen!«, sagt Lilly entschlossen und stapft voran in Richtung Haustür.

Als sie an der Tür angekommen ist, versucht sie, sie zu öffnen, scheitert aber an den Boxhandschuhen.

»Äh … Könnte vielleicht einer von euch bitte aufmachen?«, fragt sie. »Mit Boxhandschuhen kann man wirklich außer Boxen gar nichts machen.«

Das stimmt offenbar. Keine Banane essen. Keine Tür aufmachen. Und in der Nase popeln geht auch nicht. Das ist ganz schön … Moment mal … Das ist doch … Wäre das nicht … Das müsste doch eigentlich …

»Geht ihr schon mal vor!«, sage ich. »Ich komme gleich nach, muss nochmal schnell!«

Das stimmt natürlich nicht, ich muss gar nicht, zumindest nicht auf Toilette. Ich muss nur ganz dringend zu Cornibus, den brauche ich nämlich unbedingt für die Idee, die ich gerade hatte.

Ich gehe zurück in die Küche. Cornibus hängt als Totenkopfäffchen an der Lampe und schaukelt hin und her.

»Cornibus!«, sage ich. »Du musst uns helfen!«

»Cornibus gern helfen. Sowieso langweilig. Was soll Cornibus machen? Mehr Nanane essen?«

»Nein, du sollst nichts essen, damit hilfst du ja nur dir selbst. Aber, wenn mein Plan klappt, kriegst du eine Riesentafel Schokolade!«

»Für Schlotzolade Cornibus alles machen. Auch nichts essen.«

»Sehr gut. Pass auf, ich erkläre dir jetzt ganz genau, was du machen sollst. Also …«

Kein Härchen

Eine Viertelstunde später stehen wir auf dem Schulhof. Es wird langsam schon dunkel. Lilly hüpft auf der Stelle und boxt immer wieder in die Luft.

»Jetzt müsste er aber mal kommen, oder?«, sagt sie.

Im nächsten Augenblick steht Opa als Deusl neben ihr.

»Bin schon da«, sagt er grinsend.

»Wir hatten doch gesagt: keine Zaubertricks«, knurrt Lilly ihn an.

»Beim Kampf nicht, ja«, sagt Opa. »Aber noch kämpfen wir nicht. Und du hast doch sicher nichts dagegen, wenn ich für ein passendes Ambiente sorge?«

Er schnippt mit den Fingern, plötzlich steht ein großes Viereck auf dem Schulhof, das an den Rändern mit Seilen umspannt ist.

»Ein richtiger Boxring!«, staunt Herr Rosenberg. »Du bist wirklich der Größte, Deusl!«

»Ich weiß«, sagt Opa. »Fehlt nur noch ein bisschen Licht.«

Er schnippt wieder mit den Fingern, plötzlich stehen vier riesige Scheinwerfer in den Ecken des Schulhofs und alles ist grell erleuchtet.

»Wenn du schon dabei bist, könntest du es vielleicht ein paar Grad wärmer machen?«, fragt Lilly. »Es ist doch sehr frisch hier draußen.«

»Kein Problem«, sagt Opa und sofort weht ein warmer Sommerwind über den Platz.

»Danke«, sagt Lilly. »Bist du damit einverstanden, dass Onkel Wolfram unser Ringrichter sein wird?«

»Von mir aus, nichts dagegen«, sagt Opa. »Viel zu tun wird er nicht haben, ich werde in der ersten Runde gewinnen.«

»Das werden wir ja seh…«

»DEUSL! DEUSL! DEUSL!«, unterbricht sie ein lautes Gegröle. »HOCH LEBE DEUSL! DEUSL IST DER BESTE!«

Wir gucken nach oben. Aus allen Fenstern des Schulgebäudes gucken Jungs heraus und feuern Opa an.

»Wir hatten doch gesagt: kein Publikum«, knurrt Lilly.

»Damit habe ich nichts zu tun«, sagt Opa. »Ich habe völlig zu Recht eben viele Fans. Aber auch das ist kein Problem.«

Er schnippt wieder mit den Fingern.

»Tut mir leid, Jungs!«, ruft er.

Im nächsten Augenblick klappen alle Fensterläden zu und Gitter erscheinen davor. Das Gleiche passiert mit der großen Eingangstür, das Schulgebäude ist jetzt komplett abgeriegelt.

»Sehr gut«, sagt Lilly. »Dann kann's ja losgehen.«

Wir klettern alle auf das Viereck mit den Seilen. Lilly, Opa und Herr Rosenberg treten in die Mitte, ich bleibe in einer der Ecken stehen.

Opa zieht seinen Pulli aus und dann auch noch sein T-Shirt. Oha. Wo kommen denn plötzlich all diese Muskeln her? Er sieht aus wie ein Rugby-Spieler aus Lillys Schule.

»So war das aber nicht abgemacht«, knurrt Lilly. »Vor einer Stunde warst du noch nicht breit wie ein Kühlschrank.«

»Ich weiß nicht, was du meinst«, erwidert Opa grinsend. »Ich habe eben nur noch ein bisschen trainiert. Meine Muskeln wachsen sehr schnell, musst du wissen.«

»So schnell wachsen keine Muskeln«, knurrt Lilly. »Aber okay, von mir aus. Muskeln sind nicht alles, beim Boxen kommt es vor allem auf Technik an. Wo ist deine Ausrüstung?«

Opa schnippt wieder mit den Fingern. Im nächsten Augenblick steht er in kurzen Hosen und mit Boxhandschuhen vor Lilly.

»Was ist mit dem Kopfschutz?«, fragt Herr Rosenberg.

»Den brauche ich nicht«, sagt Opa. »Sie wird meinen Kopf nicht treffen. Außerdem sieht das bescheuert aus.«

»Ich fürchte, ich muss wirklich darauf bestehen, großer Deusl«, sagt Herr Rosenberg. »Beide Kämpfer müssen einen Kopfschutz tragen, das sind die Regeln.«

»Na gut«, stöhnt Opa und schnippt mit den Fingern. »Da habt ihr euren blöden Kopfschutz. War's das dann mit den Regeln?«

»Fast«, sagt Herr Rosenberg. »Ich muss nur noch die

Handschuhe überprüfen. Manchmal stopfen unehrliche Kämpfer Hufeisen oder andere schwere Sachen hinein, um härter zuschlagen zu können.«

»Sie wollen doch nicht etwa behaupten, dass ich unehrlich bin?«, brummt Opa. »Ich bin die Ehrlichkeit und die Aufrichtigkeit und die Wahrhaftigkeit in einer Person. Und wer etwas anderes behauptet, findet sich ganz schnell unten bei Luzies und Lillys Vater wieder.«

»Nein, nein! So war das doch nicht gemeint, großer Deusl!«, sagt Herr Rosenberg abwehrend. »Das ist eine reine Formalität! Geht auch ganz schnell! Ich fange bei Lilly an!«

Lilly streckt ihm die Boxhandschuhe mit der Unterseite entgegen. Er tastet sie ab, öffnet die Schnürsenkel und zieht sie nochmal extra fest zusammen. Okay, wenn er das bei Opa genauso macht, ist das der perfekte Zeitpunkt.

Herr Rosenberg geht zu ihm. Opa streckt ihm auch die Handschuhe nebeneinander mit der Unterseite entgegen.

»CORNIBUS! JETZT!«, rufe ich schnell.

Die kaum zu sehende winzige Fruchtfliege, die eben noch vor Opas Brustkorb kleine Kreise gedreht hat, verwandelt sich in eine Python-Schlange, lässt sich auf Opas Arme fallen und wickelt sie in Sekundenschnelle fest zusammen.

»HA-HAAAH!«, rufe ich triumphierend. »JETZT HABEN WIR DICH! SUPER, CORNIBUS! BLEIB SO! AUF KEINEN FALL LOCKER LASSEN!«

Lilly und Herr Rosenberg sehen mich mit großen Augen und offenen Mündern an. Opa starrt verwundert auf seine gefesselten Arme.

»Was … Wie … Warum …«, stammelt er.

»Tja, jetzt helfen dir deine Finger nicht mehr!«, sage ich triumphierend. »Da schnippst du dich nicht so einfach raus! Weil du nämlich nicht mehr schnippen kannst!«

Ich gucke Lilly an.

»Genial, oder?«, sage ich. »Die Idee hatte ich, als du vorhin die Tür nicht aufmachen konntest und gesagt hast, dass man mit diesen Dingern außer Boxen gar nichts machen kann! Das stimmt! Damit kann man noch nicht mal mit den Fingern schnippen! Ohne sein

Fingerschnippen ist Opa machtlos! Und du musst noch nicht mal gegen ihn kämpfen!«

»Ihr … Ihr habt mich tatsächlich überlistet«, stammelt Opa. »Das ist eigentlich unmöglich.«

»Tja, so kann's gehen«, sage ich grinsend. »Auf einmal ist der Größte ganz klein.«

»Und … Und was passiert jetzt?«, will Opa wissen. »Wie geht es weiter? Wollt ihr mich für immer hier unten gefesselt einsperren?«

»Öh … darüber habe ich noch gar nicht nachgedacht«, muss ich zugeben und sehe Lilly an. »Was machen wir denn jetzt mit ihm?«

»Na ja, er soll einfach verschwinden«, sagt Lilly. »Und nicht mehr wiederkommen.«

»Aber ohne meine Finger komme ich nicht zurück nach oben«, sagt Opa. »Dafür müsstet ihr die Fesseln schon lösen. Und wer garantiert euch, dass ich mich dann nicht sofort an euch räche und trotzdem hierbleibe?«

»Äh … gute Frage«, sage ich.

»Na, *du*«, sagt Lilly. »*Du* musst uns das garantieren, wenn du nicht für immer gefesselt bleiben willst. Du musst es uns schwören.«

»Das könnte ich natürlich machen«, sagt Opa. »Aber wer sagt euch denn, dass ich meine Schwüre auch einhalte? Ich bin der CEO, der mächtigste Mann des Universums. Ich mache, was ich will. Ich muss mich nicht an Schwüre halten.«

»Dann müssen wir eben nochmal gründlich darüber nachdenken«, sagt Lilly. »Und solange bleibst du auf jeden Fall gefesselt.«

»Kein Problem«, sagt Opa. »Also, für mich jedenfalls nicht. Bleibt nur die Frage, wie lang euer kleiner Hausdämon das aushält. Das ist auf Dauer ziemlich anstrengend, nicht wahr, Cornibus?«

»Nicht auf Zihiho hören«, krächzt Cornibus. »Cornibus stark. Braucht nur Schlotzolade. Bald. Und viel.«

»Danke, Cornibus«, sage ich. »Du bist sehr tapfer.«

Aber Opa hat natürlich recht, ewig kann Cornibus das nicht durchhalten, und das möchte ich auch nicht. Mist, ich habe meinen Plan nicht zu Ende gedacht. Was machen wir denn jetzt?

»Tut mir leid«, sagt Opa und fängt an zu kichern. »Ich kann es nicht länger einhalten, das ist einfach zu köstlich.«

Er fängt an, aus vollem Hals zu lachen.

»Ihr seid … Ihr seid so … Ihr seid so herrlich naiv!«, prustet es aus ihm heraus. »Habt ihr … Habt ihr wirklich gedacht, dass meine unendliche Macht von meinem Fingerschnippen abhängt? Haha, ich kann nicht mehr! Das ist einfach zu gut! So habe ich bestimmt seit Jahrtausenden nicht mehr gelacht!«

O-Oh. Das ist nicht gut. Das ist gar nicht gut. Lilly und ich werfen uns einen sehr besorgten Blick zu.

»Wisst ihr … Wisst ihr, was es mit dem Fingerschnippen auf sich hat?«, fragt er lachend. »Das ist … Das ist nur ein theatralischer Effekt! Hahaha! Ein billiger Trick, um meinen großartigen Taten noch mehr Bedeutung zu verleihen! Mehr nicht! Ich könnte genauso gut *das* hier machen!«

Er zwinkert einmal demonstrativ mit den Augen. Im nächsten Moment steht er in seiner Opa-Gestalt einen Meter weiter links, seine Hände sind nicht mehr gefesselt und die Cornibus-Python platscht neben ihm auf den Boden.

Oh, verdammt. Er hat uns wieder reingelegt. Mein schöner Plan, alles umsonst. Ich gucke Lilly seufzend an. Sie sieht nicht so niedergeschlagen aus, wie ich mich fühle – ihre Augen funkeln eher vor Wut.

Cornibus verwandelt sich in eine Katze, springt auf meine Schulter und faucht Opa an, der abrupt aufgehört hat zu lachen.

»Ich muss sagen, ich bin sehr enttäuscht von euch«, sagt er. »Ich hatte euch für klüger gehalten, immerhin seid ihr mit mir verwandt. Ihr müsstest mittlerweile verstanden haben, dass meine Macht unendlich ist.«

»ACH JA?«, rastet Lilly aus. »UND WARUM HAST DU DANN NICHTS BESSERES ZU TUN MIT DEI-

NER UNENDLICHEN MACHT, ALS UNS DAMIT AUF DIE NERVEN ZU GEHEN? DA GIBT'S DOCH ECHT WICHTIGERE SACHEN! DU KÖNNTEST DOCH BESTIMMT IRGENDWELCHE KRIEGE BEENDEN ODER DEN WELTHUNGER BESEITIGEN! WIESO MACHST DU *DAS* NICHT, ANSTATT HIER FAUL RUMZUHÄNGEN UND DICH FÜRS SCHÖNE WETTER BEJUBELN ZU LASSEN? DANN WÄRST DU NÄMLICH WESENTLICH SYMPATHISCHER UND WIR KÖNNTEN DICH VIELLEICHT SOGAR LEIDEN!«

»Ach ja, die Kriege und der Welthunger mal wieder«, stöhnt Opa und verdreht genervt die Augen. »Klar, das könnte ich alles mit einem Fingerschnippen erledigen. Oder eben auch ohne Fingerschnippen, wie ihr ja jetzt wisst. Aber warum sollte ich? Das ist doch nicht meine Schuld. Ich bin nicht für alles verantwortlich, was hier unten passiert. *Ich* zwinge ganz bestimmt niemanden dazu, einen Krieg anzufangen. Und es gibt mehr als genug zu essen hier, dafür habe ich gesorgt. Wenn diese

Trottel es nicht hinkriegen, die Nahrung ordentlich zu verteilen, kann ich doch nichts dafür. Ein bisschen Eigenverantwortung muss schon sein, sonst lernen die hier unten ja nie was.«

»DA MACHST DU ES DIR ABER SEHR EINFACH!«, keift Lilly ihn an. »UND WAS IST MIT UNSERER EIGENVERANTWORTUNG? WIR DÜRFEN JA OFFENBAR NICHT SELBST ENTSCHEIDEN, OB WIR DICH MÖGEN ODER NICHT!«

»Das ist etwas anderes«, erwidert Opa. »Ihr seid Familie. Und die Frage ist nicht, *ob* ihr mich mögt, sondern *wann*. Ich bin nur hier, um das ein bisschen zu beschleunigen.«

»So funktioniert das aber offensichtlich nicht«, knurre ich. »Du bist jetzt zwei Tage hier und wir mögen dich immer weniger.«

»Tja, dann muss ich wohl noch ein paar Tage länger bleiben«, sagt Opa. »So lange wie es eben dauert.«

»Bitte nicht«, brumme ich. »Wenn du noch länger hierbleibst, ziehe ich lieber freiwillig zurück in die Hölle.«

»Ich auch«, knurrt Lilly.

»Ach so, ihr wärt lieber in der Hölle? Sagt das doch gleich, gar kein Problem.«

Er schnippt mit den Fingern. Plötzlich fängt alles um uns herum an zu brennen. Der Boden des Schulhofs

brennt. Die Seile des Boxrings um uns herum brennen. Und das gesamte Schulgebäude steht lichterloh in Flammen.

»Seht ihr, wie lieb ich zu euch bin?«, sagt Opa grinsend. »Ihr wollt in die Hölle, und ich erspare euch den weiten Weg. Ein einziges theatralisches Fingerschnippen und eure Schule ist die Hölle, Wunsch erfüllt.«

»So sieht es bei uns unten gar nicht aus«, sage ich schnippisch. »Dass es überall brennt, hat Onkel Gabriel schon lang abgestellt, das ist viel zu teuer.«

»Das … Das kannst du nicht machen«, stammelt Lilly entsetzt. »Das … Das haben wir uns nicht gewünscht. Und das weißt du auch ganz genau. Hör sofort auf damit.«

»Nö«, sagt Opa.

»WIE, NÖ? BIST DU VERRÜCKT GEWORDEN?«, schreit Lilly. »DA SIND MENSCHEN DRIN! DIE KÖNNEN NICHT RAUS, WEIL DU ALLES VERRAMMELT HAST!«

Oh, stimmt ja. Menschen und Feuer, das verträgt sich nicht so gut, daran habe ich gar nicht gedacht.

»DIE KÖNNEN STERBEN!«, schreit Lilly außer sich. »MACH DAS SOFORT AUS!«

Sterben? So schlimm ist das? Das wusste ich nicht. Aber das bedeutet ja, dass … Aaron und Gustav! Die sind auch da drin! Ich will nicht, dass sie sterben! Dann sind sie nicht mehr hier, sondern oben bei Opa! Das sind meine Freunde, sie gehören hierher! Und all die anderen auch!

»Nö, mach ich nicht«, sagt Opa trotzig. »Ihr habt mich geärgert, also ärger ich euch auch ein bisschen.«

»EIN BISSCHEN?«, schreit Lilly. »DA DRINNEN GEHT ES GERADE UM LEBEN UND TOD! UND ÜBERHAUPT NICHT UM UNS! DIE GANZEN JUNGS HABEN DIR DOCH GAR NICHTS GETAN! IM GEGENTEIL, DAS SIND DEINE FANS!«

»Ach, Fans habe ich mehr als genug«, sagt Opa und zuckt gleichgültig mit den Schultern. »Da machen ein paar mehr oder weniger nichts aus.«

Aus der Schule dringen Schreie zu uns nach draußen.

»LASST UNS RAUS! RAUS!«

Das war Aaron! Er steht hinter der großen Eingangstür und rüttelt daran, aber sie geht natürlich nicht auf!

Ich greife instinktiv nach Lillys Hand. Wir sehen uns kurz an, sie nickt entschlossen. Wir richten unsere freien Hände auf die Tür, blaue Blitze schießen aus ihnen heraus, sie schließen sich zu einem großen Blitz zusammen, er rast auf die Tür zu, bleibt aber kurz davor stehen, als wäre er an eine unsichtbare Mauer geprallt.

»Netter Versuch« sagt Opa grinsend. »Dafür seid ihr nicht mächtig genug.«

»DAS IST NICHT LUSTIG, OPA!«, schreie ich verzweifelt. »DAS SIND MEINE FREUNDE DA DRIN! LASS SIE RAUS!«

»Ach, deine Freunde?«, sagt Opa. »Ich dachte, das wären nicht mehr deine Freunde, weil sie mich viel besser finden als dich.«

»DAS IST MIR EGAL!«, erwidere ich. »VON MIR AUS KÖNNEN SIE DIR VON MORGENS BIS ABENDS DIE FÜSSE KÜSSEN UND NIE WIEDER EIN WORT MIT MIR REDEN, MEINE FREUNDE BLEIBEN SIE TROTZDEM FÜR IMMER! ICH WILL NICHT, DASS SIE STERBEN! LASS SIE RAUS! BITTE!«

»Ach, Freunde sind doch völlig überbewertet«, sagt Opa. »Ich habe auch keine und es geht mir bestens. Außerdem hast du ja jetzt mich, da brauchst du keine Freunde mehr.«

»HILFE!«, ruft Aaron hinter der Tür. »WIR SIND HIER DRIN! HIER IST ALLES VOLLER RAUCH! WIR ERSTICKEN! MACHT DIE TÜR AUF! TÜR AUF!«

Die Erde neben dem Boxring bebt plötzlich leicht. Ich schaue nach unten. Da steht Cornibus, er hat sich in ein Rhinozeros verwandelt.

»Ahorn Hilfe!«, ruft er und galoppiert los. »Cornibus Ahorn retten!«

Er stürmt durch die Flammen auf die große Tür zu. Feuer macht ihm nichts aus, da muss ich mir keine Sorgen machen. Er wird immer schneller. Seine gewaltige Masse wälzt sich unaufhaltsam auf die Tür zu.

»JAAAAAAA, CORNIBUS!«, feuere ich ihn an. »WEITER SO! DU SCHAFFST DAS!«

Moment mal, was ist das denn? Es sieht so aus, als

ob er kleiner wird. Vielleicht eine optische Täuschung? Nein, er wird tatsächlich kleiner. Ich gucke Opa an. Er zwinkert mir grinsend zu. Oh, nein! Das Rhinozeros schrumpft immer weiter! Als es kurz vor der Tür ist, hat es nur noch die Größe einer Katze. Cornibus stößt mit seinem Horn gegen die Tür, ein kaum hörbares POCK ertönt, leider ohne die geringste Wirkung.

POCK! POCK! POCK POCK!

Cornibus gibt nicht auf und stößt immer wieder mit dem Horn gegen die Tür.

»Hör auf, Cornibus!«, rufe ich ihm zu. »Das hat keinen Sinn!«

»Nichts, was ihr versucht, hat Sinn«, sagt Opa. »Ich bin einfach zu großartig und mächtig, das solltet ihr langsam wissen.«

»DU BIST ÜBERHAUPT NICHT GROSSARTIG!«, brüllt Lilly ihn an. »WER EINFACH SO ZUM SPASS MENSCHEN IN LEBENSGEFAHR BRINGT, IST NICHT GROSSARTIG, SONDERN EINFACH NUR BÖSE!«

»Böse? Ich?«, erwidert Opa und zieht zornig die Augenbrauen zusammen. »Pass auf, was du sagst. So hat mich noch niemand genannt. Ich bin nämlich die Güte in Person. Und mit Beleidigungen kommt ihr bei mir ganz sicher nicht weiter, im Gegenteil.«

Er schnippt mit den Fingern. Ein Teil des Dachstuhls des Schulgebäudes stürzt krachend in sich zusammen. Gleichzeitig ertönt neben mir ein lauter Knall und eine gelbe Rauchwolke erscheint. Das kenne ich, das ist schon mal passiert, als Papa hier oben aufgetaucht ist.

»Höllenfluch und Teufelsfurz«, knurrt eine mir vertraute Stimme aus der Wolke heraus. »Hatte ich schon erwähnt, dass ich diese Art zu reisen hasse?«

Ja, er ist es! Ich glaube, so sehr habe ich mich noch nie gefreut, ihn zu sehen! Wenn irgendjemand noch eine kleine Chance hat, Opa aufzuhalten, dann er!

Die Rauchwolke verzieht sich, Papa sieht sich um.

»Huch, was ist denn hier los?«, fragt er verwundert. »Das sieht ja fast aus wie früher bei uns unten.«

»Papa!«, rufe ich und falle ihm um den Hals. »Du musst uns helfen! Opa ist hier!«

»Das weiß ich«, sagt Papa. »Deswegen bin ich ja da. Auribus hat es mir erzählt, er war gerade unten, um seinen Urlaub genehmigen zu lassen. Ich bin so schnell gekommen, wie ich konnte. Dachte mir schon, dass das nicht reibungslos abläuft mit euch. Mit solch einem Empfang habe ich allerdings nicht gerechnet. Was ist denn passiert?«

»DIESER MISTKERL HAT DIE SCHULE ANGEZÜNDET!«, schreit Lilly und zeigt auf Opa. »DA SIND GANZ VIELE MENSCHEN DRIN UND ER LÄSST SIE NICHT RAUS!«

»Du musst uns helfen, Papa!«, dränge ich. »Aaron und Gustav sind auch da drin! Wir kriegen die Tür nicht auf! Bitte mach irgendwas! Schnell!«

»Keine Sorge, das schaff ich locker«, sagt er. »Macht mal Platz.«

Wir rücken ein Stück von ihm weg. Er spuckt dreimal in jede Hand, aus der Spucke werden zwei Feuerkugeln.

»Ob das so eine gute Idee ist?«, fragt Opa grinsend.

»Feuer muss man mit Feuer bekämpfen«, knurrt Papa. »Das weiß bei uns unten selbst der letzte Einzellerdämon, alter Mann.«

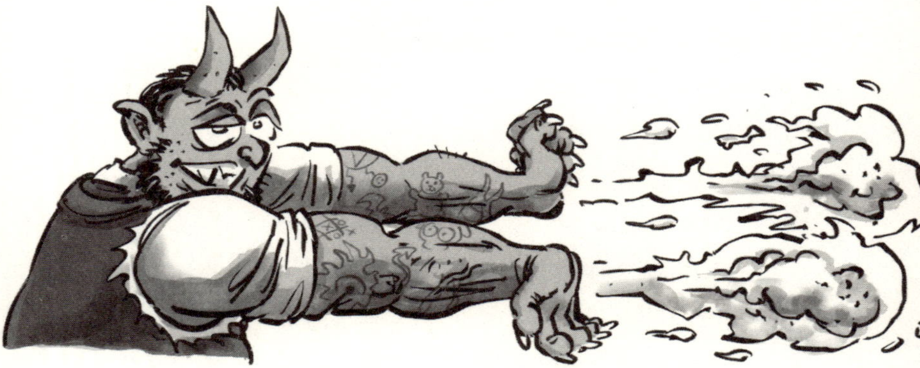

Papa feuert die beiden Kugeln in Richtung Tür.

»Das stimmt«, sagt Opa. »Aber du solltest doch nicht das Feuer bekämpfen. Du solltest nur diese Tür öffnen. Die übrigens aus *Holz* ist.«

Die beiden Feuerkugeln schlagen in der Tür an, die sofort lichterloh anfängt zu brennen.

»AAAAAAAAAAAAAH!«, ertönen entsetzte Schreie von hinter der Tür.

»Verdammt!!«, flucht Papa. »Tut mir leid!«

»Du warst schon immer zu impulsiv und voreilig«, sagt Opa mit verächtlichem Blick auf Papa. »Unter anderem deshalb habe ich dich ja damals auch runtergeschickt, deine selbstherrliche Art war nicht zu ertragen. Immer hast du alles besser gewusst, ohne nachzudenken oder mich zu fragen.«

»*Meine* selbstherrliche Art?«, erwidert Papa. »Ha, der war gut! Vor allem vom Erfinder der Selbstherrlichkeit! Da bist du ja wohl unbestritten der Allerschlimmste! Und ich bin übrigens heilfroh, dass du mich runtergeschickt hast! Bei dir oben hätte ich es sowieso keinen Tag länger ausgehalten! Weil du nämlich ein unerträglicher, arroganter …«

Opa schnippt mit den Fingern, aus Papas Mund ist kein Ton mehr zu hören.

»Das muss ich mir nicht gefallen lassen«, brummt Opa. »Ich bin überhaupt nicht selbstherrlich. Ich bin einfach der Größte, dafür kann ich doch nichts.«

»HALLO?«, schreit Lilly ihn an. »DU KANNST GERN SPÄTER NOCH DIE BELEIDIGTE LEBERWURST SPIELEN! JETZT MACH ERSTMAL DAS VERDAMMTE FEUER AUS!«

»Ja, bitte, großer Deusl!«, fleht Herr Rosenberg Opa an. »Ich weiß, du hattest bestimmt einen großartigen Grund, Lilly und Luzie eine Lektion zu erteilen! Aber das sind unschuldige Kinder da drinnen! Du kannst doch nicht wirklich wollen, dass sie alle …«

Er friert mitten im Satz ein. Sein Mund steht offen, er bewegt sich nicht mehr. Es wird plötzlich mucksmäuschenstill, nicht mal das Rascheln eines Blattes ist zu hören. Und das tosende Rauschen des Feuers ist auch verstummt. Wir sehen uns alle verwirrt um. Nicht nur Herr Rosenberg, *alles* ist eingefroren, als ob die Zeit stillstehen würde. Uff! Mir purzeln tausend Steine vom Herzen, Aaron und Gustav sind außer Gefahr. Er hat es endlich eingesehen und dem Spuk ein Ende bereitet.

»Danke, Opa«, sage ich.

»Das … Das war ich nicht«, stammelt er verwundert.

Das war er nicht? Aber wer soll es denn sonst gewesen sein?

»DICH KANN MAN ABER AUCH KEINE ZWEITAUSEND JAHRE ALLEINE LASSEN!«, ertönt eine Stimme von oben.

Im nächsten Augenblick steht plötzlich eine Frau in unserer Mitte. Ich habe sie noch nie gesehen, keine Ahnung, wer das ist.

Papas Kinnlade klappt nach unten und Opas Augen springen fast aus ihren Höhlen.

»Thea?«, sagt er fassungslos nach Luft schnappend.

»Mama?«, sagt Papa völlig überrascht.

Wie, Mama? Wessen Mama? Papas Mama? Kann nicht sein. Mein Vater hat keine Mutter. Er hat nie eine Mutter erwähnt. Er hat allerdings auch bis vor Kurzem Opa nie erwähnt. Könnte das also wirklich meine Oma sein?

»Ach, Luzie!«, sagt die Frau. »Ich hab dich so vermisst!«

Wen, mich? Kann nicht sein, wir kennen uns ja gar n… Oh, sie meint Papa. Sie fällt ihm um den Hals und drückt ihn fest an sich.

»Mama«, sagt Papa und drückt sie zurück. »Was machst *du* denn hier?«

»Das würde mich allerdings auch mal interessieren«, knurrt Opa. »Wir haben uns vor über zweitausend Jahren getrennt. Ich habe gedacht, ich hätte für immer meine Ruhe vor dir.«

»Ich sehe, es hat sich nichts geändert«, erwidert Oma. »Du verdrehst die Tatsachen immer noch so, wie es dir am besten in den Kram passt. Zu deiner Erinnerung: *Wir* haben uns nicht getrennt, *ich* habe dich *verlassen*. Weil *du* mit deiner Arroganz und Selbstherrlichkeit und einer egoistischen Fehlentscheidung nach der anderen unser schönes Universum kaputt gemacht hast.«

»Du meinst wohl *mein* Universum«, brummt Opa.

»Wir haben es *zusammen* erschaffen.«

»Ja, und dann bist *du* abgehauen und hast es mir überlassen. Und mit *meinem* Universum kann ich ja wohl machen, was ich will.«

»Das kannst du auch«, sagt Oma. »So war es abgemacht. Ich überlasse dir dieses hier und gründe mein eigenes. Und ich hätte sehr gut damit leben können, dich nie wiederzusehen. Aber jetzt konnte ich nicht länger zusehen, wie du meine Enkel in Gefahr bringst.«

»Sie sind doch überhaupt nicht in Gefahr«, knurrt Opa. »Guck sie dir an, ich habe ihnen kein Härchen gekrümmt. Du kannst also wieder abhauen.«

»UND WAS IST MIT IHREN FREUNDEN UND DEN GANZEN ANDEREN UNSCHULDIGEN MENSCHEN DA DRIN?«, fährt Oma ihn an. »ABER DIE WAREN DIR JA SCHON IMMER EGAL, DIE MENSCHEN, NICHT WAHR? DAS SIND FÜR DICH JA NUR FANS UND EIN LUSTIGER ZEITVERTREIB! UND GENAU DAS HAT MICH SCHON IMMER ANGEKOTZT! WENN HIER ALSO JEMAND ABHAUT, DANN BIST DU DAS! ICH KANN DEINEN ANBLICK SOWIESO NICHT ERTRAGEN! VERSCHWINDE ZURÜCK NACH OBEN! UND ZWAR SOFORT!«

»Nö«, erwidert Opa trotzig. »Das seh ich gar nicht ein. Das sind meine Menschen, mit denen kann ich machen, was ich …«

»Ich sag's nicht nochmal«, funkelt Oma ihn böse an. »Du weißt, wozu ich in der Lage bin. Meine Macht war schon immer größer als deine.«

Sie rückt ganz dicht an ihn heran und drückt ihren Zeigefinger auf seine Brust. Opa weicht zurück und streckt die Hände abwehrend von sich.

»Okay, okay, schon gut«, sagt er mit ängstlichem Blick. »Ich gehe ja schon.«

»Und du lässt Luzie und Lilly in Zukunft in Ruhe«, knurrt Oma. »Wenn sie jemals etwas mit dir zu tun haben wollen, was ich nach dieser Aktion stark bezweifle, werden sie sich schon bei dir melden. Haben wir uns verstanden?«

»Pffft, die brauchen gar nicht erst anzukommen, diese beiden undankbaren …«

»Ob wir uns verstanden haben?«, unterbricht ihn Oma mit scharfer Stimme.

»Ja, ja, schon gut, ich tauche hier unten nicht mehr auf und lasse sie in Ruhe.«

»Gut. Und tschüs!«

Oma schnippt mit den Fingern, Opa löst sich in Luft auf.

»Wieso habe ich eigentlich mit den Fingern geschnippt?«, wundert sich

Oma über sich selbst. »Muss die Luft hier sein, das ruft lästige alte Gewohnheiten hervor. Aber egal, Hauptsache, der Stinkstiefel ist weg. Und ich kann endlich meine beiden entzückenden Enkel in Ruhe begrüßen! Kommt her, ihr zwei Zuckerschnuten!«

Sie schnappt uns und drückt uns mit beiden Armen fest an sich.

»Oh, ist das schön, euch endlich einmal drücken zu können!«, sagt sie und küsst uns abwechselnd auf die Stirn. »Tut mir leid, das muss sehr überraschend für euch sein, plötzlich eine Oma zu haben. Ihr habt bestimmt ganz viele Fragen, die ich euch auch sehr gern beantworten werde. Aber lasst mich bitte zuerst dieses Chaos beseitigen und eure Freunde erlösen, okay?«

»Ja, bitte, das wäre lieb«, sage ich. »Hoffentlich geht es Aaron und Gustav gut.«

»Keine Sorge, gleich geht es ihnen wieder genauso wie vor dem Feuer«, sagt Oma. »Ich muss nur die Zeit ein bisschen zurückdrehen. Dafür brauche ich meine Hände und ein bisschen Platz.«

»Können wir dir dabei irgendwie helfen?«, fragt Lilly.

»Nein, Schätzchen«, sagt Oma. »Das schaffe ich schon alleine. Ich muss mich nur konzentrieren, ich habe das lang nicht mehr machen müssen.«

Sie lässt uns los, wir treten ein paar Schritte von ihr weg. Oma steckt sich die Zeigefinger in die Ohren und fängt an zu brummen. Der Ton kommt direkt aus ihrem Brustkorb, ihr Mund ist fest geschlossen. Sie schließt die Augen. Plötzlich setzt sich alles um uns herum rückwärts in Bewegung. Die Eingangstür hört auf zu brennen. Das eingestürzte Dach des Schulgebäudes setzt sich von selbst wieder zusammen. Die Flammen werden immer kleiner, bis sie von selbst erlöschen. Ein paar Sekunden später sieht alles wieder so aus wie vor dem Brand.

Oma öffnet die Augen und nimmt die Finger aus den Ohren. Sie schlägt sich mit der Faust ein paarmal fest auf den Brustkorb und lässt einen lauten Rülpser los.

»Verzeihung«, sagt sie beschämt lächelnd. »Aber vom Zeitzurückdrehen kriege ich immer Sodbrennen.«

»Kein Problem«, sage ich lachend. »Jetzt ist also alles wieder wie vorher und den Jungs geht es gut?«

»Ja«, antwortet Oma. »Und niemand hier kann sich an euren Opa erinnern, das habe ich gleich mit erledigt. Es ist, als wäre er nie hier gewesen.«

»Sehr gut«, sagt Lilly erleichtert seufzend. »Hoffentlich kommt er nie wieder.«

»Keine Sorge«, sagt Oma. »Dafür hat er viel zu viel Angst vor mir. Und wisst ihr, was *ich* jetzt gern hätte? Ich hätte unglaublich gern eine schöne Tasse Kaffee!«

»Ich weiß zwar nicht, wer Sie sind und was die letzten zwei Tage passiert ist«, sagt Herr Rosenberg zu Oma. »Aber eine Tasse Kaffee könnte ich jetzt auch vertragen. Wollen wir zu uns gehen? Ich glaube, ich habe sogar noch etwas Kuchen.«

»Oh ja! Cornibus auch Kuchen! Mit Schlotzolade! Oder Nanane! Oder Paradieschen!«

»Das heißt Radieschen, Cornibus«, verbessert ihn Lilly lachend. »Und Radieschen macht man doch nicht in Kuchen.«

»Doch! Cornibus alles in Kuchen! Bester Kuchen ist mit alles!«

Lilly, Herr Rosenberg und Oma setzen sich lachend in Bewegung auf die Hausmeisterwohnung zu.

»Ich komme gleich nach!«, rufe ich ihnen hinterher. »Ich will nur erst nach Aaron und Gustav gucken. Ich muss wissen, ob es ihnen wirklich gut geht. Und ich habe sie so sehr vermisst.«

»Mach das, Schätzchen«, sagt Oma. »Wir sehen uns dann gleich.«

Ich laufe schnell auf das Schulgebäude zu. Oh, wie ich mich darauf freue, Aaron und Gustav gleich gesund und unverletzt wiederzusehen. Die werden staunen, wenn ich ihnen alles erzähle. Das ist aber auch Wahnsinn, oder? Jetzt habe ich sogar eine Oma! Und sie ist im Gegensatz zu Opa sehr lieb, glaube ich. Seit ich hier oben in St. Fidibus bin, habe ich schon drei Verwandte kennengelernt, von denen ich nichts wusste. Und immerhin zwei davon mag ich sehr gern. Das reicht dann aber auch erstmal, würde ich sagen – meine Verwandtschaft ist irgendwie immer mit zu viel Aufregung verbunden.

Drei Stühle

Nachdem ich Aaron und Gustav alles erzählt habe, gehen wir rüber zu Lilly. Sie wussten tatsächlich gar nichts mehr, was in den letzten zwei Tagen passiert ist und waren entsprechend erstaunt und entsetzt. Jetzt ist alles gut, sie sind wieder ganz die Alten.

Als wir die Küche betreten, sitzen alle um den Küchentisch und unterhalten sich gut gelaunt. Oma zwickt Papa gerade in die Wange.

»Du warst schon immer mein Lieblingskind, Luzie«, sagt sie lächelnd. »Um dich musste ich mir nie Sorgen machen, du kommst ganz nach mir. Sei froh, dass du nicht mehr da oben bist, das wäre auf Dauer nichts für dich gewesen.«

»Ja, bin ich auch«, sagt Papa. »Es gibt so schon noch

genug Ärger mit Papa, aber ich muss ihn wenigstens nicht sehen.«

»Ah, da ist ja mein Enkel!«, sagt Oma erfreut, als sie uns sieht.

Sie steht auf, umarmt mich fest und drückt mir einen Kuss auf die Stirn.

»Ich bin so froh, dich endlich einmal zu sehen und knuddeln zu können«, sagt sie. »Und das sind also deine Freunde?«

»Ja«, sage ich. »Das sind Aaron und Gustav. Es geht ihnen gut. Vielen Dank nochmal, dass du sie gerettet hast.«

»Ja, vielen Dank«, sagt Gustav und schüttelt Omas Hand. »Auch wenn ich mich nicht daran erinnern kann, das war ganz großartig von Ihnen.«

»Oh, bitte nicht dieses Wort«, sagt Oma und verdreht genervt die Augen. »Das wird von einem gewissen Jemand ständig überstrapaziert. Und ihr dürft mich gern Thea nennen.«

»Hallo, Thea«, sagt Aaron und streckt Oma seine Hand entgegen. »Ich bin Aaron. Aaron.«

Oh, nein! Daran habe ich überhaupt nicht gedacht! Jetzt tritt er ihr gleich ans Schienbein! Das ist einer seiner vielen Ticks, das macht er jedes Mal, wenn er jemanden neu kennenlernt.

»Hallo, Aaron«, sagt Oma und schüttelt Aarons Hand. »Schön, dich kennenzulernen.«

Wie jetzt? Er tritt gar nicht? Das gab's ja noch nie. Sensationell. Das muss an Oma liegen.

»Setzt euch doch«, sagt Oma und schnippt mit den Fingern.

Plötzlich stehen drei Stühle vor uns. Wir nehmen uns jeweils einen und setzen uns.

»Jetzt habe ich doch tatsächlich schon wieder mit den Fingern geschnippt«, sagt Oma lachend. »Hoffentlich gewöhne ich mir das schnell wieder ab, wenn ich zu Hause bin.«

»Habe ich das richtig verstanden?«, fragt Aaron. »Dein Zuhause ist ein anderes Universum? Universum?«

»Ja«, antwortet Oma. »Mir hat es nicht gefallen, wie *er* mit diesem umgegangen ist. Ich wusste, das kann ich besser machen. Und dann habe ich es einfach gemacht.«

»Und da ist alles anders, in deinem Universum?«, will Lilly wissen.

»Na ja, eigentlich ist alles wie hier auch«, antwortet Oma. »Es gibt eine Erde und eine Sonne und die ande-

ren Planeten, so wie hier auch. Wir sind auf dem gleichen Entwicklungsstand und in der gleichen Zeitrechnung. Es gibt alles, was es hier auch gibt. Wir haben zum Beispiel auch ein St. Fidibus, genau wie das hier.«

»Und was ist dann anders als hier?«, frage ich. »Oder besser?«

»Die Menschen«, sagt Oma. »Vor allem die Menschen, an denen habe ich ganz lang gesessen und mir besonders viel Mühe gegeben. Darum gibt es bei uns zum Beispiel keine Kriege und überhaupt kein Verbrechen. Alle sind immer lieb und zuvorkommend und fürsorglich zueinander. Deshalb gibt es bei uns auch keine Hölle. Es besteht einfach keine Notwendigkeit dafür, jemanden nach seinem Tod zu bestrafen, weil niemand böse ist.«

»Oh, das klingt ja traumhaft«, seufzt Lilly. »Eine Welt, in der niemand böse ist, das wäre doch mal eine schöne Abwechslung.«

»Ich kann mir das gar nicht richtig vorstellen«, sage ich. »Aber es klingt tatsächlich sehr entspannend.«

»Es klingt auf jeden Fall sehr interessant«, sagt Aaron. »Allein aus wissenschaftlicher Sicht würde ich mir das gern mal angucken. Angucken.«

»Ja, ich auch«, sagt Gustav. »Also, nicht aus wissenschaftlicher Sicht, meine ich. Aber ich fände es einfach mal toll zu erleben, wenn man vor niemandem Angst haben muss.«

»Na, das ist doch kein Problem«, sagt Oma. »Dann nehme ich euch einfach mit.«

Wir gucken uns alle vier an.

»Das würde gehen?«, fragt Lilly.

»Natürlich«, antwortet Oma. »Ihr könnt mitkommen und bleiben, so lang ihr wollt. Oder hast du etwas dagegen?«

Oma sieht Papa fragend an.

»Nein, überhaupt nicht, das ist bestimmt eine gute Erfahrung für die beiden«, antwortet er. »Vorausgesetzt, du bringst sie mir irgendwann wieder zurück, natürlich.«

»Selbstverständlich«, sagt Oma. »Ich kann sie jederzeit genau zum jetzigen Zeitpunkt zurückbringen. Dann habe ich zwar wieder Sodbrennen, aber niemand verliert Zeit hier.«

»Das wäre praktisch«, sagt Aaron. »Dann würde uns auch niemand vermissen und wir würden nichts in der Schule verpassen. Verpassen.«

»Im Gegenteil«, sagt Oma. »Ich verspreche euch, ihr kommt viel schlauer wieder zurück. Bei uns ist Lernen nämlich spielend leicht.«

»Das klingt allerdings verlockend«, sage ich. »Ich könnte ein bisschen mehr Schlauheit für meine Versetzung gut gebrauchen. Was meint ihr? Ein bisschen Erholung in einem anderen Universum könnte uns guttun, oder?«

»Also, ich bin sofort dabei«, sagt Lilly.

»Ich auch«, sagt Aaron. »So eine Chance kriegt man wahrscheinlich nur einmal im Leben. Im Leben.«

»Natürlich nur, wenn du es erlaubst, Onkel Wolfram?«, fügt Lilly hinzu und sieht ihren Onkel fragend an.

»Na ja, grundsätzlich würde ich dich unter gar keinen Umständen allein in ein anderes Universum reisen lassen«, sagt Herr Rosenberg. »Aber du bist, glaube ich, bei deiner Oma in guten Händen. Außerdem werde ich ja gar nicht merken, dass du weg bist. Von daher darfst du gerne mitgehen.«

»Gustav?«, frage ich. »Wie sieht es bei dir aus? Ich würde mich sehr freuen, wenn wir *alle* dabei wären.«

»Klar, warum nicht?«, sagt Gustav. »Ich war schon in der Hölle und wurde vom CEO fast verbrannt, ein anderes Universum ist sicher ein Spaziergang dagegen.«

»Sehr schön!«, sage ich strahlend. »Das wird super!«

»Cornibus auch anderes Blumiversium?«

»Selbstverständlich kommst du auch mit, Cornibus!«, sagt Oma. »Die werden dich alle lieben bei uns!«

»Auch Schlotzolade in Oma-Blumiversium?«, will Cornibus wissen.

»Die beste aller Welten!«, antwortet Oma.

»Yippie!«

»Prima«, sage ich. »Wann wollen wir aufbrechen?«

»Wann ihr wollt«, sagt Oma. »Von mir aus jetzt gleich.«

Wir sehen uns an, alle nicken.

Oma schnippt mit den Fingern.

Nicht viel später in der Hölle …

Idee & Text: Till

Zeichnungen: Frey

Jochen Till, geboren 1966 in Frankfurt/M., sitzt seit nunmehr zwanzig Jahren in der Hölle in Abteilung 66 (Schriftsteller und andere Lügenerfinder), von Luzifer höchstpersönlich dazu verdonnert, Kinder- und Jugendbücher zu schreiben. Was der Teufel allerdings nicht weiß: Er fühlt sich pudelwohl dort unten und hat höllischen Spaß dabei.

Raimund Frey, geboren 1982 in Isny im Allgäu, zeichnete bereits im zarten Alter von 5 Jahren seine erste Kuh. Luzifer hielt das Bild für ein äußerst gelungenes Porträt von sich selbst und holte Raimund sofort in die Hölle. Seitdem sitzt er dort und malt alles, was der Teufel von ihm verlangt. Und wenn der Chef gerade nicht hinguckt, zeichnet Raimund heimlich ganz viele Dinosaurier.

Höllisch gute Produkte zu Luzifer junior findet ihr hier:

www.luziferjunior.shop

9b
21
C 93
Willkommen